MW01119431

La Tête du cobra

Vincent Crouzet

La Tête du cobra

ROMAN

Albin Michel

© Éditions Albin Michel S.A., 2003
22, rue Huyghens, 75014 Paris
www.albin-michel.fr
ISBN 2-226-14959-7

1. Le Jihad est accompli pour Allah
2. Obéissance est due à l'Emir
3. Ne vous emparez pas d'un butin qui ne vous appartient pas
4. Respectez les serments de protection
5. Faites preuve d'endurance dans l'adversité
6. Evitez la corruption

Sont les six commandements d'Al-Qaeda

C'est mon dernier refuge, un peu d'éternité.

C'est une forêt embrassée de montagnes. Le seul chemin qui nous amène parfois des hommes, et des nouvelles du monde, est une rivière qui affronte des gorges sombres, une nuit creusée dans des méandres argent, où grondent toute l'énergie et la puissance de l'eau qui s'élance, s'engouffre, et ne peut plus se retourner, s'en revenir vers sa source.

Chaque nuit, j'entends l'écho des gorges. La porte de mon dernier refuge.

Lorsque je n'entendrai plus crier l'eau, la mousson ne sera qu'un souvenir qui plus tard reviendra. Mais lorsque je n'entendrai plus sa plainte, alors la porte sera entrouverte.

Le dos de ma maîtresse birmane est une soie sur laquelle s'écoule une perle de sueur. Elle écoute au loin la cataracte. Elle sait que le débit s'épuise.

Il pleut un peu moins le soir. Les brumes s'éclaircissent plus vite avec le jour. L'humidité se retire. Elle aussi sait que les saisons depuis deux ans sont décalées, et que là-bas, là où il fait nuit avant la nuit, la colère de la rivière se calme.

Lentement, la porte s'entrouvre.

Lorsque les pluies cesseront, nous partirons tous.

Ils savent que nous sommes là. Ils viendront. Et tueront, comme ils ont déjà tué. Les hommes. Les femmes. Les enfants.

Je ne veux pas que cessent les pluies, cette perle d'humidité qui fend son dos, que je recueille avec le bout de la langue. Je ne veux pas que cesse de gronder la rivière.

Son dos est une soie. Elle a de petits seins. Un très long cou. C'était hier une princesse karen. Lorsque je l'ai connue. Une autre vie. Elle a enlevé ses atours, ses joyaux. Elle a vieilli. C'est maintenant une combattante.

On extermine son peuple. Le peuple karen. Toute la force des faibles.

J'ai longtemps marché pour la retrouver. J'ai franchi des passes qui n'existaient pas sur mes cartes, j'ai croisé des bandits, gagé ma vie sur des rivières tourmentées. Puis nous nous sommes engagés dans les gorges. Et lorsque le jour nous a délivrés, la fumée d'un feu balisait la présence d'un camp, sur une berge protégée par des monolithes. Elle sortit la première de la forêt. Elle épaula sa kalachnikov. Ma princesse karen était devenue une combattante. Un chef de guerre.

La perle est salée. Une heure, au crépuscule de tout un peuple.

Je ne veux pas que s'entrouvre la porte.

LIVRE I

N'étaient sur toi la grâce de Dieu et Sa miséricorde, une part d'entre eux aurait sûrement
eu envie de t'égarer ; mais ils n'égarent
qu'eux-mêmes : ils ne peuvent te nuire en
rien, puisque Dieu a fait descendre sur toi
l'Ecrit, la Sagesse, et t'a appris ce que tu ne
connaissais pas. Et la grâce de Dieu sur toi
est immense...

Le Coran,
Sourate IV, Verset 113.

1.

23 octobre 2002, le soir,
avant que ne commence le spectacle.

Elles sont allongées, sur le ventre, les unes à côté des autres.

Elles n'ont pas le droit de se parler. Inutile de les bâillonner : elles sont saisies par tout ce qu'elles n'ont jamais connu. Elles sont minces, elles sont jeunes, et ont toutes un peu ce même visage fragile, cette peau presque adolescente, sur des corps pourtant endoloris à l'extrême, confrontés à cette douleur, qu'elles réclament chaque jour davantage.

Elles portent toutes des bustiers de coton gris, ou perle, et des collants sombres. Pour la plupart, elles sont issues de bonnes familles. Elles n'ont jamais connu ni la faim ni la brutalité.

L'une d'elles commence à trembler. Elle tente de se retenir. Sur sa gauche, sa camarade tend une main vers elle pour l'apaiser. Mais la peur est irrésistible. Elle s'amplifie, se communique. Les gorges, d'abord nouées, s'assèchent, puis cherchent de l'air, et ne peuvent pas appeler. Les mots sont bloqués, restent là, emprisonnés en un corps, qui sue des symptômes ignorés.

La terreur.

On leur a demandé de fixer le bas du long miroir. De ne pas se dévisager. Mais elles s'entendent. Claquer des dents. Gémir d'effroi. L'une d'elles tente de réprimer des sanglots. Elles s'entendent les unes les autres pénétrer un nouveau monde, et, dans le miroir, devant lequel, dix minutes auparavant, elles étiraient au plus haut leurs pointes, désormais elles voient, dans la liquéfaction des maquillages, se creuser leurs regards.

Elles n'ont rien entendu survenir. Depuis la grande salle montait le rituel brouhaha, qui s'amplifiait à l'approche du spectacle. On ressentait l'impatience d'un public un peu indiscipliné, joyeux, qui, dans sa majorité, avait longuement attendu pour obtenir enfin des places pour *Nord-Ost*, le dernier spectacle populaire du Théâtre de la Doubrovka.

Elles n'ont vu les ombres qu'au tout dernier instant. Juste des ombres, des voiles. Elles ont d'abord cru à une nouvelle figuration. Mais elles ont vu les armes. Et puis ces yeux.

Ces regards que, parfois, sur les chaînes de télévision occidentales, les gens de Moscou découvraient avec incrédulité. Quand on évoquait quelque chose de si lointain, et de si proche, dont les hommes qui en revenaient ne voulaient pas parler.

Les ombres étaient à peine plus âgées qu'elles, presque aussi souples. Elles ont tout de suite su qu'il s'agissait de femmes aguerries et entraînées.

Leurs tenues étaient de longs draps noirs, taillés en des tuniques amples, qui couraient sur leurs épaules, et jusqu'à leurs chevilles. Elles portaient à leurs ceintures des choses abstraites pour des danseuses, qui n'ont eu le temps ni de s'enfuir ni même de crier.

Maintenant les danseuses sont allongées, sur le ventre, les unes à côté des autres. En arrière-plan, dans le miroir, au-delà de leur déchéance d'otages, elles distinguent les pans des tuniques qui s'entrecroisent.

A moins de cent mètres, à quelques boyaux de coulisses, le spectacle a commencé. Le brouhaha s'est fait silence, rumeur, silence. Et sinon un pleur étouffé, rien ne s'échappe de la salle de danse. Une fille se mord les lèvres au sang. Elle entend se rapprocher l'une de ces femmes, qui, un jour, a peut-être rencontré la marche sanguinaire d'un cousin, d'un ami. L'un de ceux qui ne veulent pas parler, au retour d'un conflit qui n'en porte pas le nom, à Moscou.

Le voile noir est au-dessus d'elle. La danseuse est blonde. Cette blondeur slave si ténue, si fragile. Des cheveux si fins, éventail de sueur collée sur une nuque offerte à l'embout d'un canon froid. La graisse de l'arme dégouline dans le cou gracile, s'épanche sur le lobe inférieur de l'oreille, gagne une joue diaphane, et parvient à ses lèvres. Et, tout à coup, elle goûte à ce que les hommes taisent ici. *La violence.*

Tout s'écoule lentement dans sa bouche, et paraît ne jamais cesser. La graisse d'une arme, qui se mêle à la sueur d'une danseuse, et, maintenant, s'insinue entre ses dents, glisse sous la langue, et dont le niveau, petit à petit, croît sous le palais. Elle ne veut pas déglutir. Elle ne veut pas avaler ça.

C'est âcre, c'est gras, cela vient en elle. C'est un viol. *C'est cela dont ils ne veulent pas parler.* Ni les uns ni les autres. Elle ne ressent même plus la pression du canon dans son cou, elle lutte contre cette agression qui monte. Le sang de ses lèvres meurtries conflue à présent. La graisse des armes, la sueur, le viol, le sang, la peur, et puis le regard de ces femmes surgies dans ce ballet de voiles noirs, *tout ce qu'ils ont tu.*

Elle ne veut pas avaler ce qu'ils ont fait. La pression de l'arme lui cloue le menton au sol. Elle déglutit. Et tout vient en elle.

Les femmes voilées sont tchétchènes. On les appelle des *boïvitchki*. Et puisque l'on refuse son nom jusqu'ici, jusque dans la tendresse et la douleur d'une salle de danse, là où se cambre la grâce, reviennent son ombre et son odeur. *La guerre.*

Elle a cessé de pleurer. La *boïvitchka* se retire, fait quelques pas en arrière. On entend une salve d'applaudissements dans la salle de spectacle. Mais derrière le rang des danseuses au sol alignées, seulement le silence. Un instant presque magique. Les terroristes et leurs otages communient dans leurs peurs croisées. Puis, dans le dos des danseuses, une parenthèse, lorsque naît un long et léger mouvement entre les *boïvitchki*, une chorégraphie intime. Si long, si court. Puis, reproduit, partout ailleurs, dans les entrailles du théâtre, un murmure.

Sur les lèvres tremblantes des femmes voilées, il est l'heure de la première des prières. Sept versets répétés, comme à l'infini, et cet écho, d'abord au plus loin, mais qui s'amplifie dans les coulisses de la Doubrovka. Les yeux des danseuses sont révulsés.

Les *boïvitchki* effleurent leurs prières, mais pourquoi tant d'écho ?

Au nom de Dieu, le Tout-Miséricorde, le Miséricordieux
Louange à Dieu, Seigneur des univers...

Et soudain, tout est suspendu. Il est l'heure. Une dernière salve d'applaudissements dans la salle de spectacle.

Une *boïvitchka* noue sèchement un foulard sur son front. Elle écarte un peu le voile qui lui masque le bas du visage. Avant que tout commence, elle glisse, une dernière fois, ses yeux dans le miroir. Puis, elle les referme.

Quand elle les ouvre à nouveau, sur son front, il est écrit, au sang écarlate : *Dieu est grand*.

2.

23 octobre 2002,
quelque part dans le sud de l'Irlande.

C'est l'approche de grands vents qui, peut-être, provoque tant de nervosité dans les paddocks. Jusqu'à ces derniers jours, balayés d'une pluie noire, une longue saison lumineuse baignait l'Irlande. Un été sans fin. Cependant, jour après jour, mordu par les heures plus courtes, des aurores gagnées de brume, et puis, comme un ensorcellement, la terre qui rend toute son odeur.

On rentre les chevaux plus tôt. Le sol, si ferme si peu de temps encore, est désormais gorgé d'automne. Ciels changeants. Surtout quand vient le soir.

Mon corps cède. Ce qui, une heure plus tôt, fut un plaisir, se transforme, dans la foulée vers la fin du jour, en une épreuve douloureuse. Et pourtant, toujours, j'allonge l'épreuve. Aujourd'hui, j'ai décidé de pousser au-delà du Black Ditch, puis de remonter un chemin qui fléchit aux contreforts d'une colline sombre, comme une sentinelle.

Un goût de sang dans la bouche. Les yeux, brûlés de sueur, se troublent. Il est temps, il est grand temps de s'arrêter. Comme si elles n'obéissaient pas, les jambes déroulent encore. Juste un peu, pour me conduire, sur une dalle de granit. Tout en haut de la colline. Au sud, les Galtee Mountains. Conquises d'ombre. L'est, le nord, à la tombée du jour, sont des royaumes de pluie. La lumière survit à l'ouest, où l'horizon affronte l'océan.

Je m'allonge sur le granit. Je bloque le chrono qui indique cinquante-sept minutes de course. C'est si peu. Déjà beaucoup trop pour un corps éprouvé. Que j'écoute, ce soir, recouvrer ses souffrances.

Maintenant, assis en tailleur, j'attends la fin du jour. D'ici, on aperçoit presque toutes les terres de la ferme d'élevage où j'ai choisi de me retrouver. Parce que je suis vivant.

Je suis rentré très lentement vers la Grande Maison. C'est ainsi que l'on nommait le cœur de la propriété, la résidence des maîtres. J'ai relâché tous mes muscles, puis j'ai accéléré à nouveau. Avec l'ombre survenait une fraîcheur prenante, comme si la lande voulait en elle retenir ceux qui, le soir, s'égaraient.

Je me suis laissé guider par les lumières naissantes de la demeure. J'imaginais, dans le dédale des pièces, la progression d'une femme de chambre, qui, petit à petit, allongeait le repère lumineux, ce long phare confortable et serein, qui m'attendait, au-delà de derniers rideaux d'ormes. Ma retraite.

Pourquoi, lorsque tombe la nuit, et que l'on revient, ainsi, sur le chemin du retour, avec la seule nuit aux trousses, pourquoi ne s'empêche-t-on pas de se retourner ? Ce frisson, jouissance et effroi. Je guette mes arrières. Le seul écho de mes pas me poursuit, accompagné de tant d'autres.

Comme chaque soir, j'entre dans la Grande Maison par l'office, impatient de surprendre Nancy, la très redoutable cuisinière. Je ne me lasse pas de sa bonne humeur, et de son *Christmas pudding* prématuré. Avec une gourmandise partagée, nous choisissons ensemble le vin pour le dîner. Puis, rituel immuable, apparaît Mrs. Hayes, l'intendante. Distance et retenue. Soixantaine auburn discrètement élégante. Charme et désuétude. Irremplaçable. Toujours un peu pincée, sous le regard moqueur de Nancy, lorsqu'elle juge mon accoutrement, et, surtout, mon état :

— Prenez soin, Monsieur, à ne pas attraper le mal du soir...

Puis, invariablement, Mrs. Hayes m'informe poliment, comme à chaque retour de ma pénitence corporelle, que le thé est servi dans le grand salon. Juste le temps de me jeter sous la douche. Deux étages encore à gravir. Avant même de me déshabiller, j'allume l'écran de mon portable. Comme à chaque fois, depuis deux mois, j'ai ce geste d'espoir impatient.

Ecran bleu roi de présentation. Mot de passe. Accès au réseau. Lire le courrier. *Vous avez un message.* Un dossier à charger, envoyé par un correspondant lointain, que je rémunère au prix fort, puisqu'il a accès aux meilleurs données de son service, qu'il me vend, et que j'acquiers sans le moindre scrupule. J'ai attendu longtemps ces renseignements. Une partie de ce qui me poursuivait sur le chemin du retour.

Temps estimé de chargement : cinquante-quatre minutes. Moins d'une heure, mais une éternité, pour un homme qui doit, derrière lui, refermer la dernière porte. Celle qui, chaque nuit, libère les pas qui me pourchassent. Cinquante-quatre minutes. Juste pour me rappeler que, dans ce pays d'Irlande, je suis vivant. Survivant.

L'Earl Grey de Mrs. Hayes est, comme je l'aime, amer. Il demeure longtemps en bouche, pendant que tout ce que j'attendais, page après page, image après image, apparaît. Je sauvegarde et j'imprime immédiatement.

Dans un premier fichier, des chiffres, des données, des horaires, des noms. Dans un deuxième, des plans, certains détaillés, d'autres plus sommaires. Mais tout y est : étages, coursives, canalisations, égouts, fondations... Dans le troisième fichier, des photographies. Plusieurs types de documents. Des prises de vues effectuées depuis le voisinage. Encore des photos aériennes. Et des images satellites. Précises sur le site lui-même. Plus floues dans les détails. Images volées, images espionnes. Dernière photographie satellite. Dans une cour carrée, cernée de murs sombres plus hauts que le ciel, avec à ses côtés un homme, un gardien armé, une femme.

Son visage est à la renverse, tourné vers l'espace, juste à la seconde où passe le satellite. On ne distingue pas ses traits. On ne distingue pas son regard. Et ils l'ont tondue. Ses mains sont comme liées dans son dos. On ne distingue pas qui elle est. Mais c'est elle. Ma princesse karen, vivante, survivante, en sa prison-forteresse d'Insein.

J'ai dîné tard ce soir-là. Je n'avais plus faim. Trois chandeliers éclairaient pourtant une table de fête. Mais j'étais seul, et je m'en retournais, vers là où j'avais fui pour ensevelir mon pire échec.

La tradition de la maison pour les dîners était immuable.

21

J'en appréciais la rigueur, mariée à l'incongruité. J'étais seul, mais habillé pour le soir, en costume sombre, chemise blanche, et cravate unie. Je m'étais même parfumé pour une convive fantôme. Je n'avais pas besoin d'inventer un visage, ou l'attirance d'un effluve de femme inconnue. Je pressentais que tout revenait.

J'ai juste picoré, et, au grand dam de Nancy, je n'ai pas touché au dessert. Alors que s'achevait le dîner, et pendant que l'on servait, sur un plateau en argent massif, une infusion dans le salon télévision, le maître d'hôtel me confia très cérémonieusement, et presque dans le secret, qu'il se passait des choses dans le monde. C'était une invitation à suivre les informations de BBC World, alors que, d'ordinaire, je me prélassais uniquement devant les chaînes sportives, dédaignant pour la première fois depuis vingt-cinq ans les nouvelles de l'état de la planète.

Je m'y résignai, craignant le pire pour une capitale occidentale. Dans le salon cosy, le poste de télévision à écran plat tranchait avec la décoration de club britannique. Je me laissai aller dans l'un des fauteuils de cuir vert bouteille.

Il s'agissait d'une prise d'otages. La nuit sur Moscou. Un grand théâtre populaire. Tout me revenait.

Sur l'écran, la lumière jaunâtre des réverbères sur les casques d'hommes des Forces spéciales. Beaucoup de confusion. Entre six et huit cents otages. Quelques-uns, des Occidentaux, des musulmans, et des enfants avaient déjà été relâchés. La façade blanche d'un théâtre, plus éclairée encore, par les projecteurs de la police. Sur des images presque en direct, une femme témoigne de son désarroi. Il s'agit d'un commando tchétchène. Certainement la frac-

tion wahhabite la plus radicale. Une cinquantaine de terroristes. Des hommes. Mais aussi beaucoup de femmes.

Le visage de Vladimir Poutine. Toujours inexpressif, sans
émotions. Le Président russe, entouré de conseillers, semble
serein.

J'éteignis brutalement le poste. Avec la seule réflexion
que tout cela n'arrangerait pas l'état des choses. Juste un
carnage de plus.

J'avais trop vu, trop goûté à cela.

C'est pourquoi je m'étais retiré chez un ami qui m'avait
offert une hospitalité, sans limite de temps, dans sa propriété irlandaise, gagnée, cette nuit, par les humeurs océa-
nes, et le sortilège implacable des images, qui me ramenait
inexorablement vers des territoires interdits.

Juste un entracte à mi-chemin d'une vie.

Mais avant de changer le cours d'une existence rompue
à épouser le pire, il demeurait encore un cachot oublié, la
prison d'Insein. J'avais abandonné cette femme au bord de
ma route. Plutôt était-ce elle qui m'avait égaré ailleurs.
Pour que je ne partage plus son destin.

Quelques mois plus tôt, en Birmanie, un pays qu'une
junte appelle, désormais, Myanmar. Je combattais depuis
un an auprès d'elle, au cœur de la guérilla du peuple karen.
J'avais suivi, pour la retrouver, un chemin de mémoire, que
courent parfois les hommes qui s'oublient, dans les bras
lointains de femmes perdues.

Je pensais tout oublier dans la profondeur des jungles
birmanes. Je croyais renoncer aux souvenirs de sang, et de
cendres, dans la solitude et la tendresse d'Irlande, mais
revenaient les visages et les voix d'hier.

Quand j'étais un espion français.

Ni ma maîtresse karen ni les jours bousculés d'un automne irlandais, par lesquels je retrouvais la douleur de tout mon corps, n'avaient effacé les traces anciennes. Et cette nuit, les portes de mes derniers enfers, à nouveau, s'entrouvraient.

Deux ans plus tôt, j'avais quitté le Service. Je coordonnais alors une équipe restreinte chargée de collecter des renseignements dans les zones de crises, à fin d'action. J'avais perdu le contact du terrain, mais je conservais ainsi le lien avec des terres, et des hommes, que je n'avais, en fait, jamais quittés. Les menaces avaient changé. Moins d'Afrique, plus d'Asie centrale. C'est vrai que, pour la Boutique, j'étais un expert précieux de ces mondes rebelles.

La responsabilité de mon service m'obligeait à demeurer à Paris. Au travers des rapports de mission de mes agents, ou de mes correspondants, je voyageais par procuration, là où j'aimais prendre le pouls du monde. Je suivais la paix balbutiante au Soudan, les derniers combats, sans espoir, de Shah Ahmed Massoud, la traque sans relâche de Jonas Savimbi aux confins de l'Angola, les soubresauts nationalistes dans les Balkans, le réveil du fondamentalisme en Asie. Et la nuit, dans la pénombre confidentielle du fort de Noisy, sur les notes de mes agents je lisais des visages et des voix, toutes les odeurs de la brousse africaine, sa poussière, les senteurs des marchés kouriles de Tachkent, la lumière sur les montagnes du Panjshir.

Je me projetais sans cesse avec eux, dans leur exaltation, leurs détours, ou leurs errances, auprès d'une femme, ou d'un homme inconnu, leurs joies et leurs terreurs. Je n'avais pas besoin de recouper leurs informations. Je connaissais les mondes qu'ils exploraient. D'instinct, j'évaluais la fiabilité du renseignement. Et je découvrais quand ils avaient été manipulés, enfumés, déstabilisés. Je pardonnais leurs échecs. Ils étaient notre première ligne de défense. Eux seuls s'engageaient, eux seuls étaient confrontés à l'autre, toujours sur des chemins de traverse. Il fait si chaud dans les oueds, au nord du Tchad, si moite sur les quais du port, à Pointe-Noire, et longue est la nuit sur les pistes hésitantes du Bahr el-Ghazal, pénétrante sur les sentiers sanguinaires de Sierra Leone, si glaciale quand se dévoilent les aurores sur les silhouettes d'une patrouille chinoise, confins du Tibet.

Une dizaine d'officiers traitants composaient mon équipe. Ils prenaient en compte ces correspondants, qui, de par le monde, permettaient à la Direction générale de la sécurité extérieure de demeurer les yeux grands ouverts sur les fractures de l'humanité. Personnellement, je prenais le plaisir nécessaire à couvrir des femmes et des hommes essentiels par la qualité de leurs informations.

Mon terrain de jeu avait changé. Les seules frontières que je franchissais étaient celles du périphérique. Mais chaque jour, j'étais quelque part, ailleurs, à Kandahar, Luanda, Khartoum, au Cachemire, sur les pentes du Niracongo, au Kivu, ou tout proche d'un groupe de combattants d'Abou Sayyaf, dans la moiteur de Jolo. Le voyage imaginaire dans les yeux des autres... En Colombie, une embuscade des FARC. Menaces sur la Macédoine. Des nouvelles encourageantes de l'Erythrée. D'autres plus sombres au sud du

Congo. La note-profil d'un chef rebelle au Daghestan. Guérilla au Népal. Carnage au Kurdistan...

En une journée, la somme de tant de renseignements, de tant d'investissement humain. Patience, dévouement, courage et trahison. Pour tout au bout de la chaîne, une exploitation décevante. Massacrée par la lâcheté des décideurs. La diplomatie et la politique s'entendaient pour maintenant cantonner le Service au rôle d'une agence de presse, juste un peu plus spéciale que les autres. Chaque jour davantage s'évanouissaient nos ambitions sur les bornes de la méconnaissance et du mépris. Dans l'inconscience des mieux-pensants, les jeunes technocrates de la haute administration, avec pour seuls credos la géopolitique et l'intelligence économique, cannibalisaient l'action de la DGSE, jugulaire castratrice.

Je priais chaque jour pour que, dans la chaîne humaine que j'activais, nul ne sache vraiment le caractère vain de la démarche. Sinon, pour mon seul plaisir. Rien que pour mes yeux.

La technologie et l'analyse s'emparaient de nos structures, quand d'autres préparaient déjà de nouveaux combats, pour lesquels nous n'étions décidément plus armés.

Je n'ai pas eu le temps de vivre pleinement la saison des désastres annoncés. Un jour, tout s'arrêta.

Brutalement.

J'ai voulu sortir, goûter à la nuit. J'ai marché longtemps. Il faisait exceptionnellement doux, avant et après la pluie. Je me suis rapproché du Black Ditch. Et c'était bien vrai que plus l'on marchait vers ce fossé, qui appartenait aux sorcières et aux légendes celtes, plus s'épaississait la brume, malgré la lune qui dansait, tout à coup, entre les branches presque dénudées de grands chênes barbares. La nuit. Et avec elle, depuis ce fossé maudit, jusque dans les yeux des otages de Moscou, et dans ceux, plus sombres encore, des femmes voilées du Caucase.

Le retour de la terreur.

3.

25 octobre 2002,
l'Irlande, un jour de plus vers l'hiver.

Maintenant, la photographie ne me quitte plus.

Ma princesse karen, au-delà de ce satellite espion, et des murailles de sa prison, n'a pas levé les yeux par hasard. Elle me regarde.

Je n'aime pas cette femme. Mais je lui appartiens. Comme lui appartiennent son peuple, la forêt où elle a grandi et combattu, comme le râle, lointain, de ce dernier tigre, pourtant disparu. Tout ce qu'elle touche, et domine, renaît. C'est pourquoi, tant qu'elle le voudra, elle survivra à Insein. Mais un jour, une heure, elle saura que son peuple est pour toujours esclave des Birmans, des Thaïs, ou des Chinois. Un jour, elle décidera de rejoindre les siens, dans un monde où l'on mange les entrailles de ses ennemis. Elle cessera de lutter. Parce que, quand bien même il s'agit d'une presque déesse, au fond de sa cellule sans lumière d'Insein, c'est une femme. Ses yeux n'apparaissent pas. Le contour de son visage est flou. Comme un corps désormais sans âme.

Mais elle me regarde, elle sait que l'espace appartient désormais aux espions.

Et que je suis un espion. Qu'elle a drogué, une nuit, quand les pluies ont cessé. Un poison karen, recueilli dans l'écorce vénéneuse d'un arbre mystère de la forêt. Qui, des jours durant, fige un homme. Catalepsie.

On m'a hissé sur une mule du convoi de Chien-Soon, le bandit chinois du Kuomintang. La veille, il nous avait vendu des munitions à un prix prohibitif. Je n'ai repris mes esprits qu'une semaine plus tard, sur la terre battue d'une maison lépreuse d'un village d'émigrés chinois, au bord des chutes de Mo Paeng, au nord de la Thaïlande.

Je ne me souviens plus de ma dernière nuit avec elle. Le poison diffusait une amnésie presque béate, un stupéfiant entêtant. Juste quelques souvenirs, la veille, quand elle a décidé d'évacuer les vieux et les enfants vers la frontière, et les camps de réfugiés. Nous connaissions la position des commandos ennemis. J'ai pratiqué une reconnaissance solitaire en aval de la rivière. Je me suis coulé sous les mousses des berges, et j'ai attendu. La vase à mi-hanches, seuls mes yeux, au travers des orchidées géantes, perçaient. J'étais sa couleur, la consistance de sa terre ocre, je sentais sa décomposition, avec seulement la fougère sur mon corps nu, et la glaise gorgée de vers pour maquillage.
J'étais la jungle.

J'ai suivi leur dernière progression. La forêt marchait. Ils nous avaient envoyé le pire. Des miliciens shans, supplétifs de la junte, marchands guerriers de thé, trafiquants d'opium, membres d'une narco-faction redoutable. Des sauvages. Chacun de leurs pas vers nous était un cauchemar, la promesse d'un massacre, dans la plus pure barbarie shan. J'ai lentement remonté la rivière, je savais qu'à la nuit tombée ils cesseraient leur approche. L'obscurité profitait à la défense, aux pièges karens, trappes pour prédateurs, jungle incertaine. Les Shans tueraient le lendemain.

Les hommes. Les femmes. Les enfants. Tous ont refusé de partir. Ils sont tous restés. Sauf moi. Elle m'a drogué, et m'a vendu à un bandit chinois.

Elle me regarde. Elle capte la dernière envie en moi de retourner sur mes pas. Je ne veux pas revenir là-bas. Nulle part où gouverne le pire de nous-même. Mais elle me demande le secours. Déchue, elle ne supplie pas, n'implore jamais, mais le regard vers le ciel, espère mon retour vers elle.

Je ne vais pas laisser cette femme dans les mains des bourreaux de la forteresse d'Insein.

Je remonte l'allée qui longe les grands paddocks, où les pouliches veillent sur leurs poulains, qui ont maintenant six mois, et qui, déjà, entre eux, se lancent dans des courses sauvages, qui préfigurent Longchamp ou Ascot, quand ils seront des athlètes accomplis. Encore le soir qui vient. J'en ai besoin. J'ai besoin de la nuit pour imaginer l'extraction, et de l'ombre propice, pour accompagner une invraisemblable évasion. Pourtant, je m'étais promis de ne plus revenir vers le seul de mes enfers. J'avais déjà, un jour, abandonné une femme, ailleurs. Un adieu que je n'ai pas assumé. J'ai fui n'importe où, mais je n'ai rien oublié. Je ne peux plus laisser personne au bord de mes chemins.

Est-ce donc aussi pour *elle* ?

Je m'assois sur un talus moussu, le repaire d'un blaireau invisible. La fin du jour est mauve. On veille, car il est tard, à ramener les chevaux dans leurs box. Un peu partout, l'écho de leurs sabots, un hennissement, une dernière senteur d'été si lointain. J'entre maintenant dans un nouvel hiver. Et tout revient, je le sens. J'avais déjà définitivement perdu quelqu'un. Un autre hiver. Et ce jour, comme ces pas, l'autre soir, dans mon dos, nul doute, j'entendais à présent une voix demander des comptes. Une voix chaude. S'installait la nuit. J'avais déjà perdu une femme. La guerrière karen ne serait, en aucun cas, la Rédemption. Jamais ne s'effacerait la rupture. Mais je n'avais pas le droit de renouveler ce que j'avais, deux ans auparavant, cédé à la violence des hommes. Maintenant, dans l'ombre des ombres, je suis à nouveau un prédateur.

A cette heure, le jour se lève en Birmanie.

Le jour, en dehors d'une promenade hebdomadaire, pour ne pas la rendre tout à fait folle, elle ne le voit plus depuis longtemps. Et elle croit entendre, là-bas, dans la jungle parfois bleue, quand les pluies reviennent, rugir le tigre.

Maintenue à genoux, et toute l'humidité d'une prison qui pleure sur son visage, ma princesse rebelle.

Un jour, pour toi, pour *elle*, je reviendrai.

4.

Le retour.

Je me suis débarrassé de mes bottes, et de ma veste de cuir. On avait allumé le feu dans toutes les cheminées du rez-de-chaussée de la maison. Il faisait si doux. J'avais prévenu que je ne dînerais pas ce soir. Personne n'insista.

J'entendis le poste de télévision encore allumé dans le salon. Je me suis servi un gin tonic. Un feu de tourbe crépitait. Au-dehors, la nuit se donnait à l'automne. J'avais le choix. Je pouvais éteindre le poste, gagner le salon, choisir un grand air d'opéra, encore fuir. Mais puisque tout revenait, je suis resté.

J'ai donc posé un œil sur l'écran. BBC World diffusait l'intégralité d'un document réalisé dans l'enceinte du Théâtre de la Doubrovka, par la chaîne moscovite NTV, qui avait pu introduire, le matin même, une équipe auprès des preneurs d'otages. Le chef du commando s'appelait Movsar Baraïev. Il était le neveu d'un chef tchétchène sanguinaire. Tout autour du théâtre, j'imaginais la pression croissante des unités spéciales du FSB. A présent, les *spetsnaz* étaient certainement infiltrés au plus près de leurs pires ennemis. De part et d'autre, il n'y aurait aucune pitié dans cette affaire-là.

L'équipe de NTV recueillait le témoignage d'otages femmes sélectionnées par les terroristes pour communiquer, et appuyer les revendications des radicaux islamistes. Le sort des victimes et de leurs bourreaux était désormais lié.

La caméra, d'abord hésitante, filme maintenant les hommes et les femmes du commando. Ils sont condamnés. C'est une autopsie. Ils sont les appelés de Dieu. L'heure est proche. Visages mangés de barbe, voiles noirs. Et, sur leur front, sur leurs foulards combattants, il est écrit en arabe : *Allah Akbar*. La caméra explore surtout le visage des *boïvitchki*. C'est l'heure de tous les sacrilèges.

C'est obscène, parce que, avec nombre de leurs otages, elles vont mourir.

Je baisse les yeux. Veuves, violées, femmes tchétchènes. La révolte. Résolues à sacrifier d'autres femmes, et encore des enfants, même innocents. Pour venger le sang de leurs hommes pour toujours partis, et protéger les lendemains.

Je suis allé en cette perdition. Tout revient. L'écho de mes pas, quand était venue la nuit, avant-hier, résonnait donc avec tant d'autres. Je n'avais pas voulu me retourner. J'avais eu tort.

Les djinns sont là.

Je me souviens de là-bas. Je ne juge personne.

Je cherche la télécommande. Cela doit cesser.

Alors, l'image a basculé.

Sur une femme kamikaze. Plus droite que les autres. Dans un grand drap noir, comme les Saoudiennes. L'*abaya*, la tunique des femmes inaccessibles. Un pistolet automatique chromé lui barre la poitrine. Une ceinture d'explosifs. Un détonateur dans sa main gauche. De longs doigts. Elle regarde fixement la caméra. Intensément. Pour y jeter toute sa colère. De la tendresse, et de la peur.

Deux yeux noirs.

Je ne peux pas me tromper. Elle a hanté mes nuits, et m'a conduit vers des mondes perdus.

Ses yeux noirs.

Mon dernier cauchemar.

5.

Trois ans plus tôt,
23 décembre 1999, aéroport Charles-de-Gaulle.

C'est la première fois. Et pour cela, je bafoue d'élémentaires principes de sécurité. Le terminal 1 de Roissy vibre de la fréquentation joyeuse des fêtes de fin d'année. Beaucoup de familles partout. Aux guichets des enregistrements, des attentes souriantes, dans ce sombre bunker. Je glisse un œil toujours amusé vers la zone d'enregistrement d'Air Afrique, pour un voyage immédiat vers Ouagadougou ou Lomé. On négocie de faramineux excédents de bagage. On essaie de fourguer des valises ventrues à des Européens polis. Les mamans sont en boubou. On porte les enfants dans le dos. Auxquels, parfois, on donne le sein. Et l'on découvre une jolie poitrine ébène à la grisaille de Charles-de-Gaulle 1.

Je ne dois pas être là, et c'est bien la première fois que j'assiste au départ de l'un de mes agents. Nous avions dîné ensemble et avions veillé fort tard, avant de nous résigner l'un, l'autre, à nous séparer momentanément. Pour plusieurs mois. Mais mon agent savait que chaque jour, là où il allait, et où l'hiver était plus gris, plus boue, chagrin et douleur, je ne cesserais de penser à lui.

A elle.

Long serait son périple. Et très lointaine sa destination. Non par les kilomètres parcourus, mais par la distance, entre là où elle se rendait, et toute humanité.

Elle traîne derrière elle son seul bagage cabine, et porte, à l'épaule droite, un sac à dos. Elle a appris la leçon : voyager léger. Ne pas perdre de temps pour la délivrance des bagages. Tout garder sur soi. Et franchir parmi les premiers la douane. Tous les douaniers du monde attendent le gros de la troupe pour s'agiter, et se laissent souvent surprendre par les plus prompts à sortir. Quant à l'agent d'immigration, il est plus souriant avec le premier parvenu au guichet qu'avec son centième passager grincheux. Et lorsqu'on est jolie fille, ne pas traîner dans une aérogare signifie aussi moins de fâcheux, moins de propositions, moins d'emmerdements. Voyager léger. En sécurité.

Elle ne peut pas me voir. Je suis un maître espion, et je serai toujours dans son dos. Beaucoup d'hommes se retournent sur son passage. Pourtant, comme le veut la règle, et pour rester anonyme, elle n'est pas maquillée, et porte un simple jean, une veste de cuir d'homme. On lui a coupé les cheveux assez courts. Là où elle va, il y a peu d'eau, beaucoup de saleté, et des poux.

Et elle sait marcher comme une femme qui ne recherche pas les yeux des hommes. Je lui ai appris à ne pas croiser les regards. Ne pas jeter ses yeux dans ceux des autres. Ne pas se laisser capter. Chacun a une capacité de se souvenir d'une physionomie sept fois plus importante, après avoir dévisagé. Un de mes premiers enseignements. Toujours, se préserver. Ne pas quérir la séduction des hommes.

Pourtant. Pourtant, dieu qu'elle est belle. Elle est née dans une clinique d'Evry, clinique du Mousseau, préfecture de l'Essonne, il y a vingt-quatre ans, mais c'est tout l'Orient, une arabesque, qui fend la foule. Elle se tient très droite, le menton haut. Et dans cette posture, presque insolente, et indifférente aux convoitises du désir, se cambre tout le bas de son dos. Eux ne le voient pas, mais moi, je devine. Cette cambrure. Et puis, comment imaginer, ces jambes, celles de mon agent, si téméraires.

Elle fend la foule, ses bottines ne sont pas cirées. Parfois, elle traîne les pieds, comme déjà lassée par le voyage. C'est aussi une comédienne. Elle a choisi un guichet tenu par un homme. Elle obtiendra la place voulue dans l'appareil. Son sourire est meurtrier. Et personne ne résiste.

Elle glisse sa carte d'embarquement dans une poche ventrale de sa veste. Elle semble hésiter vers la direction à prendre, alors que, dès son entrée à la porte 16 de l'aérogare, elle avait repéré son prochain et court trajet.

J'ai décidé de ne pas aller plus loin. Et de la laisser disparaître dans les escaliers mécaniques qui gravissent le puits de lumière.

Le fonctionnaire de police qui en contrôle l'accès vérifie six fois que la photographie du passeport correspond bien à toute la splendeur qui s'efface devant lui.

Elle ne se retourne pas. Comme je lui ai appris. Elle

pose un pied sur la première marche. Elle s'en va. Elle suspend son élan.

Ne t'en va pas là-bas. Elle se retourne. Fait face au maître. A l'espion.

Je me suis laissé entraîner dans un sillage dangereux. Je suis trop proche. A découvert. Elle ne dit rien. Pas un sourire. Elle ne comprend pas, et tout à coup, comme une peur brutale, elle s'en va.

Et je suis resté là, à chérir sa silhouette, un parfum inconnu, son silence, marqué par ce souvenir.

Deux yeux noirs.

Je suis rentré en RER. Le ciel était déjà menaçant. On annonçait une tempête de fin de siècle. Elle serait redoutable. Elle couvait, pour l'heure océanique, et blesserait ce soir la France. Je devais regagner avec diligence la Maison pour suivre les événements en Côte-d'Ivoire, qui subissait son premier coup d'Etat post-Houphouët-Boigny. Mais rien, dans les heures, dans les jours qui suivront, ne me fera oublier le départ de Yasmine.

La rame du RER se bloqua inexplicablement une dizaine de minutes au Bourget puis, cahotante, rendit l'âme à Saint-Denis.

Avant de demander à la Boîte de m'envoyer une voiture pour me repêcher, je suis entré dans la basilique. Elle n'était pas encore envahie. Je me suis agenouillé. Il faisait froid. En cette veille de Noël, sous les voûtes très sombres de ce tombeau, un chrétien a prié pour une jeune musulmane, qui servait la France.

Je l'avais choisie, manipulée, recrutée. Parmi d'autres.

Pourtant. Beurette, pute, musulmane n'étaient pas des atouts pour un recrutement à la DGSE.

Deux ans déjà. Deux années que je l'avais choisie. 5 novembre 1997. Elle descend d'une BMW grise. On la dépose devant le Plaza Athénée. Fleur de banlieue, chardon des Tarterêts. On la livre cette fois à un général algérien. On. Ses souteneurs n'ont pas vingt-cinq ans. Ils dressent des filles comme elle, paumées. Scolarité avortée. Galère dans la cité. Fossé culturel avec des parents courageux, trimeurs. En une nuit, elle se fait le double du salaire mensuel de son père, maçon marocain à Corbeil. Mais elle accepte la sodomie, et bien d'autres plaisirs dont raffole le général Ahmed Attalah Tafik, patron du renseignement militaire algérien.

Attalah, le flamboyant, est dans le collimateur de la Maison. A la croisée de toutes les manipulations, la moitié du pays est indirectement égorgée par ce général, qui a fait de Paris, et de ses palaces, sa retraite pour fins de semaine lubriques. Le service antiterroriste de la Boîte soupçonne Attalah de préparer un attentat griffé GIA dans un grand magasin parisien pour les fêtes de fin d'année. Histoire de resserrer les liens entre nos deux vieux pays, et d'engager une collaboration militaire et policière. Toujours juteuse pour les généraux algériens, quand il convient d'acheter du matériel électronique très coûteux. Attalah est un salaud, qui se tape des petites putes, qu'il humilie dans sa suite 311 du Plaza, avenue Montaigne.

Je n'ai rien à faire là. Du moins rien à faire avec le dossier Attalah. Ce n'est pas ma cuisine. Je viens tout juste de débriefer, au bar anglais du Plaza, un grand reporter de retour de Lubumbashi. Un correspondant, très honorable, parmi tant d'autres.

Un temps de chien sur Paris. En entrant dans l'hôtel, j'ai juste remarqué, garé dans la contre-allée en face, devant le bar des Théâtres, un véhicule utilitaire de livraison d'une grande maison de couture. Ce véhicule, redoutablement équipé, je le connais bien. C'est un « soum » de la Boutique qui s'inscrit dans les dispositifs de surveillance, au cœur des quartiers centraux de la capitale. Nous avons un client dans le ventre du Plaza.

Regard complice pour le portier. Revers de mon trench noir remonté sur le cou.

Et la fille descend de cette voiture. Imper beige, trop ample pour elle. Pantalon moulé. Tous les chauffeurs de berlines se retournent. Elle a une crinière de lion. Et dans ses yeux, ses deux yeux noirs, tant d'énergie.

Dans un coup de vent, une gifle de pluie, nous nous croisons. Sans un regard l'un pour l'autre.

Ligne 9. Changement à République. Direction Porte des Lilas. Objet de la visite à la Maison Mère : une négociation avec le lieutenant-colonel Christian, patron du contre-ter-rorisme. Les ascenseurs sont en panne. Quatre étages. En petite foulée.

Je la veux. Je veux toutes les photos d'elle. J'ai de la chance. Elle a rendez-vous avec le gibier. Des photos, j'en aurai. Dans toutes les positions. Avec dans ses yeux tant de peur, et un peu de plaisir. Avant de découvrir sa voix, je connaîtrais le cul de Yasmine.

Mon camarade du Contre-Terro ne me pose pas de questions. Il sait que j'utilise, comme lui d'ailleurs, des hirondelles de la nuit parisienne. Il ne me cède pas la beurette, puisqu'elle ne lui appartient pas. Si je la veux, elle est pour moi : Attalah ne consomme qu'une fois. Principe élémentaire de sécurité. Pour le colonel Christian, elle ne présentera plus d'intérêt demain. Seulement des photographies archivées. Marché conclu.

Cette nuit, j'ai haï un général algérien comme jamais je n'avais détesté un autre homme.

Très longue nuit bleue. Elle est toujours là-bas. Le général s'est enfin endormi à trois heures du matin. Ses officiers de sécurité ont empêché Yasmine de sortir de la suite.

3 heures.
Elle est toujours là-bas.

4 h 20.
Je n'ai pas quitté mon bureau, fort de Noisy. Un courrier de la Maison Mère toque à ma porte, avec la fiche de police de la fille. Elle tapine depuis plus d'un an. Clientèle richissime. Elle est bi. Elle est « en mains ». Ses maquereaux sont de petites frappes de cité, engraissés par leur trafic de chair humaine. Elle s'appelle Yasmine. Sans domicile fixe. Elle parle couramment arabe.

Le cœur de la nuit s'épuise. J'ai la gorge trop sèche. J'essaie de comprendre, de chasser la transe, de recouvrer

41

la raison du chef de service. Pour moi, se rapproche la dernière échéance, je suis allé au bout du métier. J'ai couru le monde tant et plus, j'ai exploré le labyrinthe des sentiments les plus vils, j'ai exploité le meilleur, et surtout le pire. Mais, définitivement, je suis sur le chemin du retour. Je n'attends plus rien du Service. Mon devoir est de conduire les missions en cours, de protéger encore mes agents, et mes sources, et surtout, de ne rien dévoiler de cette lassitude peu glorieuse, mais croissante, paralysante, vulnérable, et contagieuse, puisque le Chef est l'exemple.

Je me suis rendu tout à l'heure au bar anglais du Plaza pour un entretien de presque routine. Novembre est le mois le plus sombre de la plus sombre des saisons. Paris ruisselle de pluie. Un fleuve d'embouteillages et de stress. Pourtant novembre est aussi la résurrection australe. Et je m'échappe ailleurs, dans un oubli facile, au-delà de l'équateur.

Avant de remonter l'étage du sous-sol du Plaza, je me suis surpris dans un miroir. Je suis encore jeune. Mais je croise vers une cinquantaine qui m'interpelle, avec au compteur des années qui comptent triple. J'ai découvert cela, un peu surpris. Je me suis réfugié dans mon trench-coat, et j'ai traversé la galerie du salon de thé sans un regard pour les consommatrices.

J'en avais assez.

Et cette porte-tambour de palace. Comme un sas.

Bien entendu, il pleut. Le soir tombe si tôt en novembre. Nous nous croisons sans un regard l'un pour l'autre. Et quand je lui ai tourné le dos, alors seulement, j'ai été pris d'un irrésistible besoin de possession.

42

Le fort de Noisy est absolument désert à cette heure. Juste les sentinelles, et moi. Il est maintenant cinq heures, et s'étend plus encore la nuit, pluie perpétuelle. J'ai évacué tous les doutes. J'ai contre moi les principes et les consignes de sécurité. D'abord sélectionner, ensuite savoir, déstabiliser, enfin prendre. Et surtout : ne jamais rien laisser au hasard.

Seulement le hasard. Seulement une pute, seulement une fiche de police. Pas de recommandation. Pas d'enquête de sécurité. Rien sur elle. Enfin, presque. Mes doigts évacuent une dernière fois les prises de vues licencieuses. Je veillerai à ce qu'elles disparaissent à jamais. Personne, dans la Maison, sous prétexte d'une réquisition d'archives, ne sera dorénavant habilité à juger des prestations de Yasmine.

Il est l'heure. Avant de bloquer définitivement la porte-tambour des jours heureux et incertains, puis d'enfouir en moi les souvenirs interdits, il me reste une ultime opportunité.

Je l'ai longtemps cherchée.

Je la veux.

Je sais qu'elle voyagera loin et bien, et qu'elle sera, plus vite que nul autre, le meilleur de mes agents.

6 heures. J'enfourche la Suzuki. Le périphérique, fin de pluie. Novembre. Paris somnole. Cent quatre-vingt-dix au compteur juste avant la porte de Bercy. Jamais ne m'ont paru aussi longs les quais de la rive droite, puis la rue de

Rivoli. Je roule trop vite pour profiter de l'enchaînement des feux. Place de la Concorde. Un océan si calme. Rond-point des Champs.

Sors de là, Yasmine.

Je freine devant la station de taxis, à l'intersection de la rue François-Ier. Sur ma poitrine vibre mon portable. Et dans mon oreillette, la voix d'un camarade :

– Elle quitte la chambre. Couloir. Elle appelle l'ascenseur. Dans la minute...

Elle sort.

La Suzuki glisse avenue Montaigne.

6.

6 novembre 1997,
avenue Montaigne, bien avant l'aube.

Une ombre a surgi sur le trottoir. Et, comme la veille, ce port de tête si haut. Fière dans la blessure de la nuit, avec, sur les lèvres, cette impression, le goût du sperme de son client.

Elle remonte vers l'Alma, et veut appeler sur son portable, quand elle entend un moteur flirter sur sa gauche. Elle infléchit le rythme de sa marche. Un homme, dans une grande combinaison noire, lui tend, dans un sourire, un casque. Pour elle. Sans un mot, il l'invite à se caler derrière lui. Elle a eu peur, comme hébétée : elle a eu peur de quelque chose. Elle pose la main droite sur sa poitrine. Elle semble soulagée, mais elle hésite, puis vient vers lui. Elle se glisse dans la combinaison que l'homme extrait de la sacoche arrière. Elle enferme ses yeux qui ne comprennent pas, mais qui acceptent, sous une visière teintée. Elle croise ses mains sur son ventre. Accole ses petits seins dans son dos. Sans un mot. Juste deux regards qui s'accrochent l'un à l'autre.

Elle veut s'en aller loin. Suffisamment loin.

Et j'ai le diable dans mon dos, tout contre mes reins. Yasmine.

C'est pour elle que j'ai prié, ce matin de retour des grands vents, dans la froidure de la basilique Saint-Denis. Parce que je savais où je l'envoyais.

Nous avons roulé longtemps vers le sud. Sur des terres de Bourgogne. Elle n'a pas froid. La colline de Vézelay épouse un jour d'automne si clair, lavé d'une dépression qui s'en va plus loin sur l'Europe. Je roule très lentement dans les ruelles désertes. Je stoppe mon engin. Nous sommes un dimanche, au cœur de la France.

Yasmine ne sait pas où elle est. Ne sait pas avec qui elle est. Elle s'en rend compte seulement maintenant. Une porte cochère est entrouverte. Où s'engouffre la moto. Je descends. J'enlève mon casque. Mais elle ne bouge pas. Conserve la visière sur ses yeux. Plus noirs encore.

Le soleil affleure les pierres, l'Histoire, et caresse le village médiéval. Nous sommes sur une terrasse tapie de feuilles roussies, presque au plus haut des remparts, dans l'enceinte d'une propriété endormie.

Sous son masque, elle me dévisage. Je sais que j'ai bien fait de retirer les clefs de contact. C'est une squale.

Elle s'est pourtant lovée contre moi, avenue Montaigne. A accepté le rapt. Une soumise. Une rebelle. Je ressens, tout à coup, toute sa violence. Je lui saisis le bras. L'oblige à désenfourcher la Suzuki. Je lui fais mal. Mais elle ne crie toujours pas.

Ne résiste pas, Yasmine, ne me résiste pas.

Je lui arrache le casque.

Elle n'a que vingt-deux ans. Presque encore une adolescente. Et pour la première fois, sous un noyer découvert par novembre, j'entrevois dans les yeux de Yasmine une larme, qui se noie dans le cuir de mes gants. Elle a besoin de dormir.

Un couple d'amis, contactés la veille, m'a prêté cette résidence, pour quelques jours. Si loin de tout ce qu'elle connaît, et qui lui fait peur, nous pourrons parler. Je sais qu'ici les cheminées, si généreuses, crépitent de confidences et d'aveux. Je sais qu'ici, après l'enlèvement, nous pourrons décider d'un pacte. Nous ne compterons pas, entre nous, le temps.

Un peu de vent dans la vigne vierge écarlate.

Son téléphone mobile sonne. Rompt le silence.

– Réponds-leur : tu vas bien, tu te reposes chez une copine. Tu les rappelleras ce soir.

Mon premier ordre. Elle obéit. Parle à ses protecteurs en arabe, que je comprends. Comme le ton monte, elle coupe la communication. Elle lève les yeux de l'écran du portable. Et me sourit enfin. Personne ne résistera à ça. Elle sourit, parce qu'elle sait qu'elle change, aujourd'hui, de maître. Mais ce qu'elle ignore encore, c'est le nouveau visage du mal qu'elle découvrira. Elle se laisse caresser les cheveux. Puis la gorge. Se réfugie contre moi.

Nous n'irons jamais plus loin.

7.

23 décembre 1999, la basilique Saint-Denis,
tout à l'heure retraite et silence,
maintenant pénétrée de touristes.

L'écho de leurs pas traînants résonne comme autant d'intrusions. J'ai fui la déambulation païenne. Sur le parvis de Saint-Denis, une voiture m'attendait. Carole, la beauté fatale de mon petit groupe de « voltigeurs », était au volant. Légèrement eurasienne, un jour brune, l'autre auburn, de longs cils de chatte amoureuse, et si bien foutue, quand bien même adjudant-chef, en m'installant à ses côtés je me disais que c'était un perpétuel péché de commander une espionne si jolie. Comme dans les romans. Et si délicieuse dans ce pull cachemire bleu pâle, au col cheminée.

Elle lut tout de suite dans mes yeux.

– Hou là, mon colonel... Pas la joie aujourd'hui.

Je ne lui répondais pas. Elle ne démarrait pas. Elle jongla, dans sa féminité, avec les clefs du véhicule de service.

– Désolée, mon colonel, mais nous les filles, on sait quand c'est une histoire...

J'ai posé mon index sur ses ravissantes lèvres.

C'est une longue histoire.

Je me suis personnellement investi pendant trois mois. En ce dimanche à Vézelay, j'avais dans les sacoches de la Suzuki toutes les pièces pour faire craquer Yasmine. Ses parents n'auraient pas résisté aux prises de vue du Plaza Athénée. Ses frères l'auraient mise en pièces. Je n'en ai pas eu besoin. Elle savait qu'elle choisissait une autre voie, et qu'un homme l'avait cueillie un matin, quand elle n'était plus rien qu'un objet abandonné. Elle s'était approchée de lui. Et m'avait donné toute sa confiance.

Elle s'étirait, nue, avec seulement un plaid pour lui couvrir le ventre et les jambes. Le feu du soir courait sur son grain de peau doré. J'en savais déjà beaucoup sur elle. Ou du moins sur son parcours. Il était temps que je me découvre, que je lui retourne sa confiance. De toutes les manières, mes paroles seraient sans retour.

Elle a accueilli les mots *agent secret, service de renseignements, missions, services rendus au pays* sans la moindre expression sur son visage. Elle se mordait juste les lèvres. Elle ne rêvait pas. Elle basculait ailleurs. J'ai senti Yasmine un court instant partagée, comme si elle recherchait une aide extérieure, mais elle n'a pas réfléchi. En silence, elle m'a dit oui.

Elle n'a posé qu'une condition, que je m'apprêtais à lui proposer : personne ne l'obligerait plus désormais à coucher avec un homme, ou avec une femme. Plus jamais.

Yasmine, la petite pute, n'était plus.
A cet instant, elle devenait clandestine. Une femme libre.

Alors seulement s'est enclenchée la procédure dans laquelle, exceptionnellement, je me suis personnellement engagé. J'ai âprement négocié avec le directeur de cabinet du Directeur général, qui avait sous sa responsabilité le secteur de la sécurité, le soin de répondre à cette exigence avec ma seule équipe. J'ai un peu plus renforcé, encore, l'agacement de la DG concernant les méthodes de recrutement très jalousement autonomes de la direction des Opérations et du Service Action. Mais, pour moi, l'essentiel était de protéger l'identité de mon agent.

La première leçon fut de demander à ma recrue de ne rien modifier à sa vie courante, et de revenir dans un premier temps loger régulièrement au domicile de ses parents. J'ai confié à l'un de mes subordonnés retraités, mais toujours prompt à reprendre du service, le soin d'affronter la cité des Tarterêts, sous la couverture d'un représentant en téléviseurs, avec pour mission de lever le maximum d'infos sur la cité, et sur Yasmine. Un autre de mes hommes, jeune, entreprenant, le meilleur de mes baratineurs, s'est transformé en journaliste éphémère, avec la plus crédible des cartes de presse, est allé entretenir les fonctionnaires de police du commissariat de quartier. Il a rencontré des flics désabusés, donc bavards.

J'ai fait louer, ou plutôt sous-louer, paiement *cash*, trois appartements dans la cité. J'ai infiltré aux Tarterêts trois couples de jeunes clandestins, qui ont accepté les premiers rackets, mais ont rapidement déployé leurs talents techniques au service d'un matériel perfectionné. A quelques mètres de la chambre de Yasmine, pointait, derrière des rideaux crasseux, un faisceau laser à infrarouges. Détournement indiscret des vibrations. Captation à distance.

Quinze jours durant, j'ai mis en place un maillage sévère, dans la clandestinité, comme au cœur d'un pays étranger, et ennemi.

Le troisième jour, sur les recommandations de notre « ancien », auquel on promettait coups et crachats, mais que les *sauvageons* ont seulement chambré, ni plus ni moins que nous, je me suis déplacé à l'école élémentaire du quartier.

2 décembre 1997, 11 h 45. Relents de cuisine de cantine scolaire. Echos d'une route nationale toute proche.

L'institutrice de Yasmine est devenue directrice de l'école. Elle a le charme des enseignantes, éreintées de l'amour apporté souvent sans retour. Elle m'a reçu dans un bureau empli de plantes vertes. Dans son dos, le tableau coloré des horaires, des effectifs, l'emploi du temps des instits, du personnel d'entretien. Chef de service un peu comme moi. Plus fatiguée que moi. Mais la patine des enfants qui passent a, dans la fragilité et l'endurcissement, embelli cette femme, grande brune, jeune quinquagénaire, montures bleutées et allongées de lunettes à la mode, verres d'astigmate, regard clair, morsures exposées à l'approche de la retraite qui vient. Pour elle aussi, les années comptent triple.

L'académie de Versailles a appelé hier : je suis un inspecteur de la rue de Grenelle, du ministère. Je dois tenter de mettre en place un programme pilote pour ramener des

éléments exemplaires de la cité dans le chemin de la réin-
sertion scolaire ou universitaire.

Yasmine.

Elle ne se souvient pas d'elle : Yasmine est pour toujours
en elle. Au-delà de l'école, du collège, et du lycée professionnel hôtelier des Coudraies qu'elle a fui, l'enseignante
n'a cessé de suivre la plus brillante de ses écolières.

— J'ai vu bien des enfants, monsieur l'inspecteur...

— Michel, si vous le voulez bien, chère consœur...

— On se tutoie, non ?

Elle a raison. J'ai envie de la tutoyer. Par quelle magie
une femme, pourtant ordinaire au premier regard, devient-
elle, au cadran du désir, à chaque instant plus attirante ?
Sous le bureau carré, j'imagine des jambes longues, des
hanches de presque gamine, un sexe très sombre, et toute
cette énergie qui a résisté aux rentrées tourmentées, aux
récréations tapageuses, aux conflits parentaux, aux restric-
tions budgétaires, aux grèves, et puis au cafard, quand le
soir survient sur la cité. J'anticipe :

— Et Yasmine a toujours été un cran au-dessus ?

Avec sa main droite inclinée, elle me désigne les étages
supérieurs.

— Un cas. Une fillette solitaire, mais respectée, y compris
par les garçons. Pourtant c'est dur pour une gamine de
s'imposer ici... Mais aux discours... attendez...

Elle se retourne, et, tout en demeurant assise, va chercher
derrière elle, dans un casier, un dossier enfoui. Son chandail
échappe à sa ceinture et remonte le long de ses côtes, elle

découvre un soupçon de culotte, une naissance de dos éclairée par décembre. Annonce d'hiver.

– Je les ai gardées... s'excuse-t-elle presque.

Une série de notes personnelles, seulement sur Yasmine. Comme un journal. Et tout à coup, l'enseignante frémit. Michel redevient l'inspecteur. Est-ce bien déontologique, un document pareil ?

– ... juste...

Je lui souris, pour la rassurer.

– ... pour elle, je sais, Sylvie.

La directrice s'emballe, et s'engaillardit. Elle se lève un peu brusquement, un peu maladroitement.

– Deux secondes : je vous fais des copies...

Avec la main, elle m'intime de ne pas bouger. Je n'ai pas envie de bouger. Ses jambes et ses hanches sont comme imaginées. Pour le reste, je profite de son absence pour approfondir mes envies.

11 h 54.

Dans six minutes, la sonnerie. La cour de récréation est encore silencieuse.

Sylvie revient, me tend une chemise rouge. J'effleure ses doigts. Ses ongles ne sont pas faits. Elle est aussi fébrile que moi.

– Lisez tout, et revenez quand vous voulez, Michel...

– C'est moi qui suis à votre disposition... Vous avez compris pourquoi tout a dérapé ?

Cette fois, c'est elle qui me jauge. A quoi pensent les femmes ?

– C'était il y a un an. Auparavant, comme beaucoup,

elle galérait, mais restait dans la légalité. Enfin... petits trafics pour ses frères... mais rien d'irréversible. Je pense même qu'elle avait échappé à ce qui attend les filles canons ici. Elle suscitait trop de respect auprès des mecs. Trop d'autorité...

Un silence entre nous. Elle reprend :

— Et puis... bon, vous connaissez son dossier... ça m'arrache les tripes d'en parler...

Moi aussi.

— ... je ne comprends pas comment ces salauds l'ont maquée. Je me demande...

Je lève la main pour abréger un soupir. Maintenant, il s'agit d'une femme qui souffre. Je ressens le besoin de m'en aller. Elle ôte ses lunettes, dont elle suce, un peu nerveusement, la branche droite. Ses lèvres sont crevassées, mais j'ai envie. Elle me chuchote :

— Ne partez pas...

Je suis déjà debout. Mes pulsations s'emballent. Je suis un agent sous couverture en territoire ennemi.

— Au revoir, madame la directrice. A bientôt.

A jamais. Elle a insisté pour me raccompagner jusqu'au portail. Courtoisie républicaine. Espoir. Déception. Frustration. *12 heures.* La cloche sonne l'heure de la cantine. Les cris, la joie, la délivrance, je rêve Yasmine dans le flot des écoliers blacks-blancs-beurs, avec, dans ses yeux noirs, toutes les espérances de l'enfance.

Je ne parviens pas à évacuer l'envie de Sylvie. Je dois manger. Je l'apprendrai aussi à Yasmine, la fringale sexuelle se calme en s'asseyant, et en se nourrissant, si possible de quelque chose de chaud. Donner à son corps en manque quelque chose de chaud. Cela évitera peut-être, un jour, à l'agent exposé, l'erreur. Soirées sans tendresse, solitude, villes-tentations, pécheresses, dangereuses, et pour chasser tout cela, seulement le désir.

Un élément de sécurité, parmi tant d'autres, que je lui apporterai. Je me réfugie dans un restaurant chinois d'Evry, La Grande Muraille. Des rouleaux de printemps, en automne, pour oublier tout ce que j'ai seulement espéré entre les jambes de la directrice d'école.

Ainsi, j'ai dû expliquer à Yasmine comment tournait le monde. Mais elle savait déjà que, comme aux Tarterêts, l'orgueil, le sexe et l'argent dominaient tout.

Et que le pouvoir des espions était de maîtriser les trois éléments.

8.

Décembre 1997. Premiers pas.

Les trois mois qui ont suivi ont été éprouvants pour Yasmine. Elle a pénétré un monde inconnu, gouverné par un mot référence : *sécurité*.

Elle sut immédiatement se taire. Je l'ai fait pister chaque jour, je lui ai tendu des pièges, je l'ai écoutée dans l'intimité du foyer familial. Pas un mot, une allusion. Juste les mensonges convenus. L'entrée dans une école d'infirmières. Un emploi du temps épais. Une subite conversion pour l'humanitaire. Surtout dans les pays où les musulmans souffraient.

Et déjà, l'ombre de nouveaux frères de la cité, très vite informés. Ils entendent tout. Et accueillent les âmes révoltées. Elle se laisse courtiser. C'est très délicat. Elle n'est pas encore formée. Un jeune imam, qui ne fréquente pas la mosquée d'Evry, mais invite à la prière dans une cave du quartier des Pyramides, se rapproche, chaque jour davantage. Je n'aime pas trop cela. Elle n'est pas prête. Du moins, je le pense encore.

Mais avec Yasmine, s'opère comme une magie. L'orgueil, le sexe, l'argent : elle sait. Elle aime par-dessus tout le secret. Elle m'écoute comme jamais un agent ne m'a écouté. Sa mémoire est vive. Tout ce qui est tamisé en elle revient enrichi. Une perpétuelle note bleue.

Les premiers moments entre nous sont consacrés exclusivement à la sécurité. Cela signifie la sécurité pour elle, mais encore pour moi, pour nous, pour le Service, et pour le pays. Je ne la lâcherai pas tant qu'elle n'aura pas su se protéger. Pour certains, cela prend des années. Yasmine est une surdouée. Mais, comme pour tous, elle doit répéter les gammes.

Sécurité collective pour préserver le groupe. Sécurité individuelle pour durer. Yasmine est un agent recruté. Elle n'est pas, et ne sera jamais partie intégrante de la Maison. A ce titre, elle n'y mettra jamais les pieds. Pas plus au fort de Noisy qu'à la Centrale. Je dois donc bâtir un programme extérieur de formation, avec seulement un stage dans l'un des centres d'entraînement du Service Action. Je me consacre en personne à la première partie de l'instruction. J'aurai donc le privilège d'être son initiateur, celui qui inculque les bases du métier. *Simplicité* et *bon sens* sont les maîtres mots de ma méthode, celle des anciens, celle qui fonctionne, qui permet de trouver, et de survivre.

Les premiers jours se déroulent en tête à tête. J'ai déniché un *appartement conspiratif*, place Balard, dans le XVe arrondissement. Le couple de gardiens n'est pas inconnu : deux anciens sous-officiers de la Maison. La planque n'est pas souvent éprouvée. Pourtant, elle comporte bien des avantages. Sous les toits du septième étage d'un immeuble modestement haussmannien, pas de voisins au-dessus, et le périphérique, au-delà de la place, pour seul vis-à-vis. La gardienne nous ravitaille en courses essentielles. Yasmine ne doit se déplacer qu'à l'heure des grandes migrations, et utilise en alternance la ligne 8, et le RER C. Elle possède un double des clefs, mais un signal, sous la forme d'une fiche-annonce sur la porte de la gardienne, l'informe de la disponibilité de la planque. Juste un test de vigilance.

Elle rentre tous les soirs aux Tarterêts. Pour son équilibre, je ne veux pas la couper trop rapidement de son milieu. Et chaque matin, à 9 heures, dans la foule éparse des salariés qui se disséminent dans le quartier Balard, je me plais à repérer la marche toujours vive de Yasmine. Elle a le port de tête trop haut pour une espionne. Mais cela, elle ne le changera jamais. En revanche, elle sait très rapidement se fondre dans la masse, caméléon, modifier l'aspect de sa silhouette en jouant sur les couleurs, les textiles, inverser la carrure, profiter au mieux des accessoires, apprendre à se coiffer en fonction des missions et des lieux. Je commence par cela : je sais que, pour une jeune femme, grimage, maquillage, transfiguration vestimentaire sont de bons premiers vecteurs d'approche de la clandestinité. Je fais intervenir à ce niveau la meilleure de nos professionnelles. Yasmine apprend toutes les astuces de la teinture, de l'usage de certains gels, les produits maquillants à privilégier, ceux à rejeter, les démaquillants les plus efficaces. Une journée, je lui demande de traverser Paris en modifiant trois fois d'apparence, en lui désignant les lieux de métamorphoses. Premier exercice pour elle de repérage des lieux sensibles, et des zones neutres. Aujourd'hui, dans les grandes villes occidentales, les caméras sont partout. Surveillance. Ciblée. Globale. Souvent piratée. Le métro est un lieu permanent d'exhibition. Les parkings souterrains, de redoutables pièges.

Néanmoins, une ville présente toutes les failles nécessaires essentielles pour la formation de l'agent secret. Je m'accorde une semaine pour lui apprendre le Paris clandestin que j'aime. En parcourant une capitale inédite, Yasmine explore les premiers réflexes de sécurité. Nous marchons souvent sur les trottoirs opposés. En fin de journée, je corrige les mauvaises habitudes, le tempo, et j'enseigne une à une les notions primaires de déplacement, et surtout la détection de la surveillance. C'est à la portée de n'importe qui, mais Yasmine ne se trompe jamais. Quelque chose de paranormal. Je défie quiconque de repérer une filature boulevard Haussmann, à l'heure de sortie des Grands Magasins. Au retour, elle me donne les allures et les visages, et surtout, elle commence à leur fausser compagnie. Mais, pour l'heure, les *empiégeages* sont primaires, les suiveurs peu nombreux, et la ville familière.

Parallèlement, j'initie aux raffinements du métier : contacts et échanges furtifs, boîtes aux lettres vives ou mortes, composition des couvertures, et, plus pointu, le chapitre *chiffre* : codage et décodage.

A la sortie de l'école élémentaire Jacques-Prévert, Yasmine avait, en tirant le meilleur des programmes d'une Zone d'éducation prioritaire, effectué une scolarité exemplaire au collège des Tarterêts. Elle aurait pu briller dans le secondaire, mais, vraisemblablement, selon les notes de Sylvie, pour rapidement apporter un revenu supplémentaire à sa famille elle avait choisi de s'orienter vers une seconde professionnelle dans le cadre d'un BEP d'hôtellerie, qu'elle poursuivra en lycée d'apprentissage. Pourtant, même au cours de ces années, Yasmine n'a pas perdu contact avec les chiffres. Elle a été à l'origine de la mise en place du premier atelier informatique de son collège. Pas une note en dessous de dix-sept en mathématiques, ou en gestion hôtelière.

Extraordinaire mémoire visuelle des chiffres, a retenu Sylvie. Exceptionnelle. Invraisemblable. Magique. Le *chiffre* est une donnée essentielle. Un agent qui maîtrise ce domaine est précieux. Hier, un système de grilles manuscrites permettait au clandestin de laborieusement se dépêtrer. Les systèmes du NET, de la télécommunication portable, et autres Palm, permettent aux agents de jouer sur toute une gamme de soutiens technologiques providentiels au service du codage et du décodage. Yasmine n'en a pas besoin. C'est la première fois que j'assiste à cela. Cette fois, je l'ai bloquée deux jours dans la planque. J'ai d'abord testé sa mémoire. Je lui ai fait lire des listings téléphoniques. A la dixième lecture, elle me recrache trois cents numéros, imprimés en elle une bonne fois pour toutes. Bien des surdoués sont capables d'emmagasiner ainsi, sur une seule mémoire visuelle, autant de données, mais sa prestation sur sa maîtrise des techniques du *chiffre* est hallucinante. Je commence par la base, le système des substitutions simples, homophoniques, et beaucoup plus sophistiquées : polyalphabétiques. Des principes de substitutions de l'alphabet, selon des règles arithmétiques de carrés magiques, pour composer des messages chiffrés. J'explique laborieusement sur un écran, à l'aide d'un logiciel spécialisé. Yasmine, deux heures plus tard, me dresse elle-même des tableaux et des carrés, avec des bigrammes et des clés insoupçonnables pour élaborer des systèmes de conversion inconnus pour ma part.

Comme un coup de poing.

Elle *percute* trop vite. Trois heures plus tard, nous avons ensemble inventé un alphabet alphanumérique qui nous sera personnel, et qui nous liera désormais l'un à l'autre. Pour toujours, notre code. Jusqu'au jour où on le cassera. Puisque les codes sont faits pour être brisés. Je solliciterai les ingénieurs de la Boîte, sur notre alphabet. Ils seront impressionnés, admiratifs. Pour ma part, je ne le maîtriserai mentalement que dans plusieurs mois, mais Yasmine n'a besoin d'aucune grille de transposition pour décrypter.

Elle est fascinée par notre trouvaille, et pendant qu'aux premières tentatives du lever du jour je m'assoupis dans le canapé-lit de l'appartement de la place Balard, Yasmine poursuit les exercices, qu'elle corse toujours davantage. Je suis vidé. J'annule le programme de boîtes aux lettres mortes, prévu ce jour dans le Xe arrondissement.

Je garde pour moi ce que j'ai vu. Elle est pour moi. Et pour moi seul.

18 décembre 1997. Lyon, quartier Saint-Jean.
La Saône a couleur de terre.

Le quartier Saint-Jean ressemble, par certains côtés, à certaines médinas de cités arabes, la foule en moins. Mais son aspect labyrinthique, ses détours incertains rendent les exercices d'évitement des filatures assez raffinés. En m'esquivant sur les pas de Yasmine, je ne peux m'empêcher de penser aux jeux similaires de Jean Moulin, sur ces mêmes pavés. Sa bénédiction se pose sur les épaules de ma beurette.

Destins croisés, silhouettes de l'ombre, traboules palpitantes, escaliers dérobés, brume de décembre, une démarche avalée par la ville qui se donne au fleuve, pour toujours, clandestins.

Seulement une virgule de craie sur la marche d'un escalier d'une maison ocre en réhabilitation, rue Sainte-Croix. Je compte trois marches plus haut et, sous la rampe, je décolle un chewing-gum verdâtre encore gluant. Je le glisse dans la poche droite de mon trench. Exercice terminé ?

Je consulte l'heure. Mon portable vibre. Sa voix chaude, avec tout juste un fond de gorge enroué :

– Je n'ai pas raté le train, grand frère. Merci pour les journaux.

Elle raccroche. Elle file, à cette heure, dans un TGV vers Montpellier, pour une prochaine étape. Elle a échappé à la vigilance de douze femmes et hommes expérimentés. Je ne lui ai donné qu'une journée pour reconnaître la zone, mémoriser les itinéraires, choisir les options de dégagement. Mon équipe, composée de professionnels, a déjà joué ici. Personne n'est sorti jusqu'alors du piège. En franchissant la passerelle du Palais de justice, je décolle le message de la gomme fluorée. Le premier message alphanumérique de Yasmine. Le jeu change : c'est elle qui fixe pour les trois prochains jours les règles du jeu.

C'est elle qui me donne rendez-vous.

Mon cœur bat plus vite encore.

Notre premier rendez-vous d'espions.

9.

Le lendemain, 19 décembre.
Une porte des Cévennes.
Une clarté d'hiver, sur un chemin de Dieu.

Carole m'a déposé ici. Je lui ai demandé de me laisser l'après-midi. Besoin de souffler. Pause. Elle reviendra, avec la Suzuki, quand le jour cédera.

Sur la route, dans les gorges, après le pont du Diable, et le gour Noir, juste avant de bifurquer vers la dernière fourche, à hauteur de la tour du XIIᵉ siècle, j'ai entendu, dans mon oreillette droite, ma subordonnée, très agrippée dans mon dos, me glisser :

— Eh, mon colonel, on va où comme ça ?

On va où je veux. Je vais encore consolider ma réputation de moine-soldat. Mais tout s'emballe. J'ai besoin de faire le point. L'échange furtif à Lyon, l'escamotage de Yasmine ont été parfaits. Elle ne commet pas de fautes.

Saint-Guilhem. Village médiéval confiné dans un méandre mort, emprisonné dans les falaises du massif de l'Infernet. Le « désert », cette garrigue rocailleuse qui se perd dans les Cévennes.

Le ciel est toujours lumineux à Saint-Guilhem-le-Désert. C'est une impasse de l'histoire. Le « désert » est une porte ouverte vers ailleurs. Déjà, à l'ombre de la combe, toute la fraîcheur et la sécheresse de l'hiver méridional prennent l'abbaye de Gellone. Je me signe en fermant les yeux face à la nef couverte d'une voûte en berceau. Pierre de tuf, clef centrale. Verticalité.

Pureté, confidentialité romanes.

On pénètre le cloître par la salle capitulaire. Rien de plus sobre que le cloître de Saint-Guilhem. Tous les ornements rescapés de la Révolution ont été vendus aux New-Yorkais. L'histoire de Guilhem, duc d'Aquitaine, comte de Toulouse, retiré ici en 805, se perpétue aux bords de l'Hudson. Peu lui importe, ses reliques ont été emportées jadis par une crue, puis dispersées dans l'Hérault.

L'hiver, il n'y a personne ici. Juste Dieu, entre Yasmine et moi. Peu importe lequel.

Rosiers fanés, pétales éparpillés par l'hiver, un peu de recueillement.

Je m'adosse à un pilier de pierre fossile. Je suis loin de tout. De la complexité des hommes. J'ai besoin d'être nu. Adossé au silence, au carrefour de moi-même, avec maintenant, dans mes mains, la responsabilité d'une destinée.

J'ai bousculé, en quelques heures, du Plaza à Vézelay, les quatre premières phases du recrutement. La *Rencontre*. La *Découverte*. L'*approfondissement*. Et surtout, la *Fusion*. C'est la première fois. Je n'ai jamais auparavant fonctionné à l'intuition, à la subjectivité. Ma formation militaire, mon expérience de clandestin m'ont obligé à tendre vers une exigence de fonctionnement.

La *sécurité*, pour seul impératif.

Ce jour, sur les dernières marches de mon itinéraire d'espion, je déchire la toile. La formation de Yasmine sera la plus complète. Le principe veut que l'on entraîne un agent en fonction de ce que l'on attend de lui.

J'attends tout d'elle.

Elle aurait la formation la plus exhaustive, en un temps resserré, parce que je savais qu'elle apprendrait tout très vite, plus que nul autre, et que moi-même. Le rideau de lumière s'élève sur les parois calcaires vers le ciel. Je frissonne. Yasmine m'a donné son premier rendez-vous. Son message est clair.

Je suis adossé plus encore à la pierre.

Le lendemain, j'ai trouvé une boîte aux lettres morte au jardin des Poètes, un chuchotement de bassins, ville martyre cathare de Béziers. Dans une poubelle, sur laquelle était collé un chewing-gum rose bonbon, dans un quotidien abandonné là, j'ai trouvé, dans *Midi Libre*, ton message pour moi. Ensuite, j'ai récupéré les clefs dans un autre jardin, scotchées derrière la chasse d'eau d'une toilette publique, à l'ombre d'un château d'eau. Notre alphabet, cette magie, m'a conduit au cœur d'une cité disputée par les gitans et les Algériens, la Devèze. Troisième bloc. Sixième étage. Encore un ascenseur en panne. Mais celui-ci pour toujours. Zone grise. Au seuil de ta demeure clandestine, il y a un tag bleu, un caractère rebeu. Cela signifie :

Entre, la voie est libre, fais comme chez toi, fais comme chez nous, tu es le bienvenu...

Tu as trouvé une planque en si peu de jours. Tu es apparue à l'heure convenue. *Yasmine, que me fais-tu ?*

La semaine prochaine, je t'enverrai à Lille, dans le quartier de la Gare, avec cent balles en poche, une identité bidon, tu devras observer quatre jours durant les allées et venues dans la salle des pas perdus, et me produire un rapport détaillé. Démerde-toi avec cent balles pour te nourrir et te loger, interdiction de tapiner et de te faire ramasser par les flics. Ne triche pas. Je te surveille. Regarde : il y a des caméras partout, et puis ces clodos là-bas, les crois-tu pour toujours des marginaux ? Tu reviendras avec un rapport complet, mais encore tu te seras fabriqué une nouvelle identité, un nouveau visage, et tu me rapporteras six mille francs. Tu sais, maintenant, comment constituer de nouveaux papiers à partir de documents dérobés. Tu as le droit de mendier. Tu as le droit de voler. Pas vue, pas prise. *Nous sommes des clandestins.* Je te laisse SDF à Lille-Flandres. Je te veux femme d'affaires, retour en première, dans un tailleur de bon goût, dans quatre jours, gare du Nord, dernier train du soir.

A l'aube de la nouvelle année, tu m'accompagneras dans une grande enseigne de jardinage, je t'apprendrai, avec des nitrates et quelques ferments décomposés, à fabriquer la terreur et la désolation. Tu sais maintenant beaucoup. Te faufiler. Organiser les contacts. Te travestir et t'esquiver.

Le soir. *Fusion.* Avant la cinquième phase du recrutement, l'*Engagement,* maintenant, Yasmine, je veux une femme d'action.

10.

9 janvier 1998, 9 h 11. Le froid mord.
Dans les fougères en sommeil, la brume.

J'entends presque son souffle.
Inspire. Expire. Inspire. Expire.
Deux degrés ce matin en bordure de Sologne. Centre parachutiste d'entraînement spécialisé du camp de Cercottes.
Elle efface les obstacles. Elle ne peut pas me voir. Je suis allongé sous les taillis dénudés, dans la bruyère détrempée, en tenue de combat. Deux degrés seulement, mais elle court en tee-shirt gris à manches courtes, son bas de treillis est maculé de boue fraîche, ses bottines de saut saccadent le parcours du risque. Dans l'effort, à bout d'elle, elle conserve ce port de tête si haut, cheveux mi-courts, le regard un peu plus dans les pommettes.
Inspire. Expire.
Elle se jette dans la fosse. Je braque mes jumelles sur la sortie de l'obstacle. Des silhouettes. Cibles pivotantes. Yas-

mine essaie une première fois. La fosse est haute pour elle. Ses doigts ripent. Deuxième tentative. Nouvel échec.

Sors de là, Yasmine.

Les deux mains sont maintenant agrippées. Je suspends ma respiration. A vingt centimètres de ses doigts, la terre a tressauté. Maintenant, le haut de la fosse crépite. Dans l'axe du parcours, à deux cents mètres d'elle, dans son dos, un tireur d'élite.

Parcours du risque. Exercice à tir réel. Privilège pour guerriers aguerris.

Il est agenouillé, concentré, un Famas, sans lunette de visée, à l'épaule. Yasmine doit rester sur sa trajectoire. Elle se hisse. Tout dans les épaules, tout dans les abdos. Elle reste à genoux. Les cibles pivotantes claquent sèchement autour d'elle.

Un homme s'est approché de moi. Un sergent-chef para. Trapu. Moustachu. Chauve. L'instructeur personnel de Yasmine plafonne depuis longtemps à ce grade. Pourtant, c'est le meilleur de nos formateurs d'agents action, mais il a tellement humilié d'officiers que, dans les états-majors, son nom est surligné au rouge. Beaucoup ont mordu la poussière ou la boue, ici et ailleurs. Quélern, Mont-Louis ou la Guyane : le sergent-chef est un « saisonnier ».

Elle n'a pas modifié sa trajectoire. Elle court droit devant elle. Devant le sergent-chef, j'essaie de ne pas trop marquer mon soulagement. Je reste allongé. Agenouillé à mes côtés, il observe Yasmine poursuivre l'exercice. Je laisse tomber mes jumelles contre mon battle-dress, et je demande :

— Alors, chef ?

68

– Je vous dirai à la fin, mon colonel. Juste un truc : vous l'avez déniché où, ce phénomène ?

– Dans un palace.

– Sans blague ?

Mon téléphone portable sonne. Cela irrite le sergent-chef, mais il ne faut pas déconner : je reste le patron, ici. Je réceptionne la voix de Carole un peu angoissée, qui m'alerte. Les écoutes du domicile familial, aux Tarterêts, ne sont pas vaines. Menaces sur Yasmine : les maquereaux la recherchent. Ils ont perdu la poule aux œufs d'or. Je rentre à Paris.

– Pour le reste, démerdez-vous, chef, on n'a pas le temps...

– On fait avec ce qu'on a, mon colonel...

Je me relève, un peu tourmenté. Je suis un peu sec avec l'instructeur, mais il ne comprend pas d'autre langage :

– Et surtout, chef, ne la couvez pas.

Dix jours plus tard. Parking couvert du centre commercial de Vélizy 2. Pleine nuit. Un gamin de vingt-quatre ans charge dans sa caisse de luxe, une berline BMW grise, une chaîne stéréo qui vaut trois fois mon traitement. Hier soir, il est venu toquer à la porte de chez Yasmine. Il a montré un rasoir à sa mère. Il veut récupérer sa petite pute. Les frères de Yasmine n'ont pas bronché. Ce caïd est dangereux.

Je suis debout sur ma Suzuki, immobile, à la sortie du parking. On me parle dans mon casque. Quelqu'un vient de neutraliser une caméra de surveillance. *Le feu est vert.* Pourquoi j'hésite ? J'ai décidé seul. Je ne ferai pas de rapport. Yasmine d'abord. J'ai trouvé deux gars pour ça. Ils connaissent le profil de la cible. Ils n'ont pas d'états d'âme. Moi non plus. Nous sommes des clandestins. Pas vus, pas pris. J'ordonne :

    – Rouge ?

    – *Vert.*

    C'est tout. J'attends. Je sais que ce salopard organise les tournantes des Tarterêts et des Pyramides, et que les filles dressées finissent au tapin pour lui. L'une d'elles a été aspergée à l'essence dans une cage d'escalier. Personne n'a été en mesure de reconnaître son corps. Nous n'avons pas de règles. Seulement celle de ne pas nous faire serrer. Pas vus, pas pris.

    A cent mètres de moi, le trop jeune souteneur perd sa langue au troisième étage d'un parking de Vélizy. Tranchée à vif. On la lui fait avaler. On prend soin d'éviter qu'il ne s'étrangle pas. Pour qu'il puisse faire comprendre à ses associés qu'il serait vain, et surtout très dangereux, de tenter de remettre la main sur Yasmine, ou d'inquiéter sa famille. Ils ne nous importuneront plus jamais.

    Trois nuits plus tard, elle ne le sait pas, mais je suis dans le cockpit, derrière les pilotes du Transall. J'attends avec la plus grande impatience. Je sais qu'elle n'hésitera pas. Premier saut. Simplement une ouverture automatique, à quatre cents mètres. *Rouge.* Maintenant. *Vert.* On la drope par la porte cargo. Elle me tourne le dos. Elle ne veut pas. Elle ne saute pas. Le sergent-chef lui place un violent coup de pompe dans le cul. Les suspentes claquent. Corolle grise. Nuit solognote. Dans vingt jours, elle pratiquera le saut commandé.

Tous les soirs, où que je sois, j'appelle le sergent-chef à Cercottes. Auquel je demande une évaluation quotidienne. Et comme chaque jour, j'entends la voix d'un homme ému. Pourtant...

Elle l'a conquis. Et maintenant, elle le domine. Vingt-huit jours. Il n'a plus rien à lui apprendre. Elle maîtrise tout : falsification, sonorisation, photographie clandestine, crochetage, détournement de correspondance, tir, combat à mains nues et à l'arme blanche, transmission, orientation et topographie, balisage, reconnaissance, explosifs. Bien sûr, il lui manque les stages de survie en conditions extrêmes, la formation élémentaire au pilotage, la navigation, la nage de combat, l'école de haute montagne, l'apprentissage d'une demi-douzaine de langues. Dans dix ans peut-être, elle sera un agent complet.

Hier, elle a déposé un colis piégé dans le bureau du secrétaire général de la Défense nationale, au cœur d'un site Secret Défense, dans une aile des Invalides. Avant-hier, elle s'est introduite avec des explosifs de guerre dans l'enceinte de la centrale nucléaire de Fessenheim, et, trois jours plus tôt, après une infiltration de premier ordre, elle a miné la piste principale d'envol de la base 133 de la force aérienne de combat de Nancy-Ochey.

Pour l'heure, elle sait espionner, saboter, et même tuer. Déjà une ombre.

Le vingt-neuvième soir, après l'avoir mise dans le train, gare d'Orléans, à destination de Paris-Austerlitz, le sergent-chef m'appelle :

— Mon colonel, prenez-en soin comme de ma fille...

Un léger silence. Je perçois comme une annonce de quai

de gare, et puis l'alarme des portes du train avant de se refermer.

– Mon colonel, c'est... le Diable... en personne.

Pour conclure, dans un souffle vaincu :

– Vous pouvez partir à la chasse au tigre avec.

11.

Février 1998. Gare Eurostar de Waterloo Station.

Fin du troisième mois. Test à l'étranger. Trois jours dans une ville inconnue. Une cascade de mises à l'épreuve. Un piège.

Londres. Elle n'y a jamais mis les pieds. Elle apprend réellement l'anglais depuis quatre-vingt-dix jours.

Nous allons la mettre en danger.

Londres. Février. Au soubresaut de l'hiver. Il fait doux. L'Eurostar glisse sous la grande voûte de Waterloo Station.

Déblocage automatique des portes. Comme un feulement. Une étudiante pimpante, ciré bleu marine, baskets orange, walkman, cheveux jais liés en une délicieuse natte, se coule dans la foule matinale du premier Eurostar.

La queue pour les taxis est silencieuse. Disciplinée. Dans le train à grande vitesse, Yasmine a choisi son hôtel, effectué une réservation de dernière minute, confirmée sur le NET. Au nom de Nadia Sharif. Passeport tunisien, étudiante en égyptologie. Première couverture. Visite à la bibliothèque du British Museum cet après-midi. Son regard, sous une monture de lunettes métallique très fine, est doux. On a envie de lui proposer de l'aider à porter sa valise, et son vanity-case.

L'attente n'est pas longue. Le taxi dans lequel elle embarque est aubergine. Elle les imaginait tous noirs.

Il est 8 h 58 au cadran de ma montre. Grande salle à manger de l'hôtel Ritz, Piccadilly. Trois impulsions du vibreur de mon portable. Le signal qu'elle est parmi nous. Un lumineux matin d'hiver sur les pelouses de Green Park.

Le maître d'hôtel, un Français, très élégant, qui, depuis dix ans, me croit banquier genevois, vient s'assurer que tout se déroule bien pour Monsieur et Madame.

– Tout est parfait, Julien, merci.

Mme Joseph Langeville est le plus ravissant adjudant-chef de l'armée française. Originaire du corps du génie de l'armée de l'air, Carole a choisi de faire carrière dans l'ombre. Pourtant, elle resplendit dans cette lumière, cette caresse. C'est la première fois que Joseph Langeville convie son épouse en voyage d'affaires. D'ordinaire, c'est un homme seul, sage, aux horaires réguliers, toujours à sept heures trente à sa table de petit déjeuner, la dernière, au fond, au plus près du parc. Julien a noté qu'exceptionnellement M. Langeville et Madame se sont présentés pour huit heures. Il chuchote dans l'oreille d'un serveur, en retrait de l'entrée de la salle à manger. Les deux hommes sourient discrètement. Mme Langeville est nettement plus jeune que son époux. Ses yeux déclinent l'exotisme d'une génération passée. Sa bouche est amoureuse. Quand elle se rend au buffet, où elle choisit sans restriction des fruits rouges et des céréales, tous les hommes peuvent juger d'un corps parfait, vraisemblablement musclé. Une femme qui physiquement s'entretient.

Tous les jours à six heures du matin, porte Dorée, bois de Vincennes. Dix kilomètres, en toute félinité. Ce matin, à la même heure, elle a rejoint la Tamise, Embankment Square, en effaçant Saint James Park. Je dormais encore. J'avais proposé de tirer au sort. En bon exécutant, elle m'a laissé le grand lit, et s'est sacrifiée pour le divan. Pour mon équipe, je suis un chef.

Le chef n'a pas craqué. Il espérait pourtant. Elle aussi. Hier soir, elle est demeurée longtemps dans la salle de bain. Il a imaginé l'eau chaude qui lui mordait les épaules, qui ruisselait dans son cou et tout au long de ses jambes. Il est resté sur son lit, les yeux sur le *Times*, le ventre tendu.

Il ne l'a pas vue sortir de la salle d'eau, avec la moitié d'un sein débordant du peignoir ivoire. Juste un « Bonsoir ». Transitif, comme notre désir, en cette nuit sans sommeil, avec pour seules tendresses l'imagination, l'interdit.

Trois impulsions. A partir de maintenant, nous ne surveillons plus Yasmine. Elle est là, dans cette ville, qui gronde petit à petit. Yasmine est lâchée. Le jeu, sa mission, est simple.

Dans l'East End, le quartier musulman pakistanais, un commerçant, détaillant en informatique, Abdul Nawaz, conserve pour moi, sur microfilms, des informations capitales concernant la sécurité de Shah Ahmed Massoud, en ses hautes vallées du Panjshir. L'amorce d'un plan combiné entre les talibans, les services pakistanais et les combattants arabes de Ben Laden.

Abdul Nawaz est notre agent au sein de la communauté pakistanaise depuis onze ans. Je le rétribue au prix fort. Surtout depuis que notre direction des Constructions navales œuvre à Karachi. Nous avons des boîtes aux lettres, qui changent en fonction des mois de livraison des informations. Je récupère en personne les courriers. Abdul Nawaz est la plus prolifique de mes sources. Aujourd'hui, il a en main des informations que j'acheminerai personnellement au commandant Massoud, là où il me l'indiquera. Une maison anonyme à Douchanbe. Un village perdu tadjik. Ou bien sur la ligne de front, d'où l'on entend la prière des talibans.

Massoud est en grand danger. J'ai changé la procédure. Abdul Nawaz sera approché au cours des trois prochains jours par une jeune femme arabe qui portera à son cou une émeraude afghane. Sertie sur une tête de cobra.

Je me souviens encore du jour où l'Amer-Saheb m'a fait don de ce joyau. C'était au cœur du Haut-Val du Panjshir, nous étions, au sud-ouest, protégés par la chaîne aux cinq sommets découpés, les cinq lions, *Panj-Shir*, et tout autour de nous par ses fidèles combattants du Jihad, les torses bardés de bandes de munitions. C'était jour de fête à Djangalak, à une portée de coup de fusil de la terre familiale du chef. Nous étions, tous deux, assis au centre des chefs de clan, à la droite du Cadi, dans la poussière soulevée par les cavaliers tadjiks.

Ce jour, nous ne redoutions plus l'apparition d'un hélicoptère de combat soviétique. Seul le jeu comptait. Le *boz-kashi*, éternelle lutte équestre sauvage, quand les écuyers des hautes vallées se disputent la carcasse d'un bouc, jusqu'à ce que le dernier encore en selle, le *tchapandaz*, laisse choir le trophée dans le cercle rituel.

Les notables murmurèrent avec respect le nom du cavalier, celui de son village d'origine. Et jamais ne retombait la poussière du combat. Le commandant-seigneur souriait au dernier écuyer valeureux. Avec détachement, il chercha ma main, et me glissa quelque chose. Il ferma mon poing. Je me suis tourné vers lui. Sur ses lèvres, j'ai cru lire quelque chose. Il murmurait en farsi le vers d'un poème de Hâfez.

Dans les montagnes afghanes, nous étions en pleine tourmente. Mais la France, ses médecins et ses infirmières sans frontières, ses journalistes téméraires, ses espions furtifs avalés par la neige et les rocs, était là, auprès de Massoud.

Son présent était si chaud au creux de ma main. Le commandant-seigneur honorait la France. J'entends encore, quand la poussière, enfin, filtrait dans la luminosité du soir, le cri des moudjahidin.

– Amer-Saheb, laisse-nous mourir pour toi !

A cet instant, aussi, je serais mort pour lui. Dans ce crépuscule d'au revoir, il disparut, sur la croupe d'un petit étalon robuste. La poussière ne retomberait jamais.

Assis en tailleur, j'ai lentement ouvert mon poing.

Sertie sur la tête du cobra, une émeraude afghane. Les ténèbres. La lumière.

Massoud est en grand danger, mais il demeure, entre nous, ce joyau qui rappelle, pour toujours, à la France, sa fidélité. Un talisman afghan.

Avant-hier, j'ai glissé le collier sur la gorge de Yasmine, dans la chambre d'un grand hôtel parisien, où je nous savais en sécurité. Elle fit tomber en arrière son visage. Et l'émeraude, sur sa peau assombrie, retrouva l'éclat du Haut-Val du Panjshir.

Les espions ont l'imagination romantique. Sinon, notre jeu n'en vaut pas la peine.

Tout est en place.

Une équipe de la Maison, formée pour cela, joue l'ennemi. Abdul Nawaz est plombé. Téléphones portables, personnels et professionnels, sur écoutes. Et encore domicile, boutique, chambre d'hôtel devant Liverpool Station, où, tous les soirs, à dix-neuf heures, il baise sa pute nigériane. Trois équipes de binômes se relaient pour ne jamais le perdre de vue dans les labyrinthes de l'East End.

Nous jouons l'ennemi, Yasmine le sait. Elle connaît tout des habitudes de Nawaz. C'est la première fiche Secret Défense que j'ai ouverte pour elle. Elle a disposé d'une journée pour l'étudier.

Nawaz est surveillé par l'ennemi. Epié jour et nuit.

Elle a pour mission de récupérer le document microfilmé, inséré dans une disquette informatique, des propres mains de notre agent. Sans jamais tomber dans nos filets, sans qu'aucune image de son visage ne figure sur une vidéo ou une photographie.

Ta première mission, Yasmine.

Tu crois que c'est un jeu. Une simple répétition. Que Londres, demain, sera Aden, Nairobi, Manille, Istanbul. Une simple manœuvre. Que les chiens de chasse sont en fait gentils. Un simple jeu factice.

Tu te trompes.

Tout, sauf un jeu. Ce jour, Abdul Nawaz a peur. Il a

pris des risques inutiles pour obtenir ces documents. Des renseignements qui lui brûlent les doigts. Il a peur. De certains de ses compatriotes. Mais aussi de nos Cousins. MI5.

Pourquoi nos boîtes aux lettres sont-elles vérolées ?

Une faille dans laquelle se sont précipités nos alliés, nos concurrents.

L'ennemi aussi.

Nawaz est cramé. La vérité est qu'il est écouté par la Maison, mais aussi par une putain d'équipe du MI5. Et plus spécialement par la G Branch, et son groupe G9C, qui combat, et surtout observe les activités terroristes islamistes en Grande-Bretagne. Vaste programme.

Le plus vraisemblable, c'est-à-dire le pire, est que des agents infiltrés du G9C vont le dénoncer aux exécutants des mollahs intouchables de la mosquée de Finsbury. Londres regorge d'assassins. Méthodes ancestrales. La décapitation pour les traîtres.

Adieu, Nawaz. C'est la dernière livraison.

Je cours le risque de prendre les documents. Une vieille fidélité pour Massoud. Une dette d'honneur.

Aujourd'hui, il y a un peu plus de couples de touristes français autour de Brick Lane. Et finalement, plus pour protéger Yasmine que pour l'espionner.

Tu te crois très forte, et tu penses que tu vas trop facilement réussir, Yasmine. Mais l'ennemi est multiple. Je te jette dans la gueule du loup. Montre-moi.

Carole, alias Elizabeth Langeville, jette ses yeux en colère dans les miens. Ou plutôt un sourd reproche pour la nuit écoulée sans câlins. Je me redresse. Qui reproche quoi au chef ?

– C'est bientôt, pour moi, l'heure de la quille.

J'ai glissé cela pour maintenir un léger espoir. Elle a réagi, interrogative. Je reprends, comme si elle n'avait pas compris, un ton plus bas, une confidence entre espions :

– Un peu de patience, Carole... Quand le chef ne sera plus le chef...

Elle se raidit, comme démasquée.

– Alors nous ne tirerons plus au sort entre le divan et le lit. Promesse d'officier.

9 h 03.

Earl Grey divin. Regard de femme étourdie. Je suis en costume rayé trois-pièces, flanelle grise, parfumé Dior. Et aux quatre coins du Ritz, peut-être des contre-espions, des yeux partout. Forcément perfides. Il est temps de leur échapper.

9 h 05.

Nadia Sharif a choisi son point de chute. Elle s'en rapproche. Je l'imagine, conquérante. Déterminée. Concentrée.

Le taxi achève sa traversée de Belgravia, touche Sloane Square, et vire sur Sloane Gardens. Un discret et coquet petit hôtel-résidence. Prix raisonnables. Clientèle variée. Surtout des touristes. Pas d'hommes d'affaires. Donc, moins d'oreilles.

Le réceptionniste est un étudiant italien, qui arrondit ici

ses fins de mois. Ils ont le même âge tous les deux. Il se précipite pour porter ses bagages au deuxième étage. Energiquement, il ouvre les rideaux de la porte-fenêtre qui donne sur Royal Hospital Avenue. Un sourire magique, un pourboire inespéré. Nadia Sharif apprend vite : elle est désormais chez elle, ici.

9 h 09.

Le couple Langeville se sépare dans le hall du Ritz, après un doux baiser dans le cou. Son parfum à elle tend vers la myrtille. Sa silhouette, dans un manteau gris taupe, disparaît vers Bond Street. Lui se glisse prestement dans un taxi hélé par le portier. Au premier regard, le chauffeur n'est pas *clean*. Destination demandée : Lombard Street, City of London.

Porte d'Holborn. *Pardon, mais je vais descendre là, finalement.* Le chauffeur reste impassible. Je règle prestement la course. J'hésite. Le métro ? Beaucoup de monde sur le trottoir d'High Holborn Street, heure d'affluence dans le quartier des assurances. Une foule cosmopolite, empressée, en retard. Un fleuve où se noyer, disparaître. Je souhaite bonne chance aux suiveurs. Je serai redoutable. Et dans la minute, au grand dam des hommes de sir Stephen, désormais invisible.

10 h 17.

Elizabeth Langeville quitte Fortnum & Mason. Dans une heure, la Carte bleue de la Boîte chauffera plus à l'ouest, chez Harrod's. Des gâteaux anglais pour le Service

Action. Pourquoi pas ? L'important est qu'à cette heure le chef se rapproche de la planque.

Une planque ? Souvent l'inverse d'une planque. Si possible dans un endroit peu isolé, assez peuplé pour masquer de nouvelles arrivées. La confidentialité dans la masse. Notting Hill. C'est branché, plein de touristes de toutes nationalités. Il y a un antiquaire, sur Portobello Road, certes un peu *cheap*, mais si accueillant. En un coup d'œil, il repère l'ami égaré, lui ouvre son arrière-boutique, lui propose la visite de la remise, dans le *basement*, côté jardin, côté volière. Des mainates. Une arme anti-écoutes.

Si la vitrine est un piège à cons, la cave est technologiquement au top. On ne fait pas mieux dans le métier. Un sous-sol d'où l'on contrôle le déplacement d'une douzaine d'agents. Des contre-mesures, le meilleur brouillage au monde, des lignes surprotégées, des transmetteurs et transpondeurs précodés. Quartier général pour opérations clandestines en territoire hostile.

Je me suis transfiguré, dans un « sas » à mi-chemin. Je me suis grimé dans un appartement désert de Soho, où les voisines sont des professionnelles qui pipent pour trente livres. Un immeuble avec double sortie. Beaucoup d'hommes anonymes y rentrent. Tous ressortent avec le même visage vaincu.

« Hortense » est notre planque, notre porte-avions. La taulière, épouse autoritaire de l'antiquaire, un universitaire de Nevers à la retraite, un brin professeur Nimbus, est folklorique. Elle a tenu une maison close à Montbéliard. C'est la taulière. Elle caresse volontiers le cul des filles et des garçons qui servent ici. Ses petits. Qui, chaque jour, prennent leur dose de risques, là où bat le cœur du royaume de Sa Très Gracieuse Majesté.

Depuis « Hortense », nous espionnons nos Cousins. Depuis « Hortense », nous avons constaté le pillage systématique de mes boîtes aux lettres. Mais l'Anglais reste un grand professionnel du renseignement. Il remet soigneusement les choses en place. Il a ouvert, microfilmé, photocopié, scanné, gravé, discrètement. Tout est parfaitement reconditionné, remballé. Très précautionneusement. Pas de faute. Ils pratiquent le métier avec élégance, en *gentlemen*. C'est plus qu'un honorable artisanat. C'est du *sport*. Cela ne va pas les empêcher de livrer mon « Joe ». Abdul Nawaz a désormais tous les soucis du monde. Et de bien vilains barbus au cul.

La caméra de surveillance de sa boutique retransmet des images directement chez « Hortense ». Le tout est parfaitement sonorisé. Je me cale dans le fauteuil du chef, face à un nodal d'écrans.

Abdul est tendu. Il ne supporte même pas la voix matinale très haut perchée de la petite vendeuse paki, qui, de temps à autre, apporte aussi un peu de réconfort charnel, dans un hôtel cafardeux de Whitechapel High Street. Les clients ne sont pas foule ce matin. Il a toujours, à portée de main, sous le tiroir-caisse, la disquette qui le perdra. La fille peut passer aujourd'hui. Ou demain. Après-demain.

Ou jamais.

Abdul Nawaz est un homme encore jeune, à peine une quarantaine d'années. Taille moyenne, fine moustache discrète. Lunettes cerclées or. Informaticien de formation, il rend de grands services dans ce domaine à sa communauté. En fait, il est surdoué pour piller des banques de données pourtant blindées. Mais il a une bite en lieu et place du cerveau. Les femmes, et surtout la Nigériane, l'obligent à mener grand train. Il doit donc trahir pour continuer à baiser les salopes de l'East End. Il vient de jeter un regard perdu sur la caméra de surveillance.

Je suis là, Abdul.

Et je suis désolé. Mais c'est ta toute dernière livraison. Et comme cadeau d'au revoir, je t'ai envoyé le plus pur de mes diamants.

Il sait qu'il est allé trop loin. Mais il ignore encore le souffle si proche du G9C. Il fixe toujours la caméra. C'est inutile : *Je ne peux plus rien pour toi.* Toutefois, j'ai encore un choix à faire. Un dilemme. A ma seule convenance.

15 heures.

Lumières chaudes sur la British Library. Sous le dôme vitré de la rotonde, parmi les trois cent cinquante lecteurs du jour, une jeune étudiante tunisienne, armée de son *reader's ticket*, griffonne, sur un cahier d'école, des notes nerveuses, sur un récit de voyage de Champollion. Elle fait cela avec une attention soutenue. Elle a investi du temps, la semaine précédente, au département d'antiquités égyptiennes du Louvre, et a suivi dix heures de cours particuliers du soir, intensifs, avec une conservatrice en chef. Je ne laisse rien au hasard.

Surtout pour Yasmine.

J'ai craqué. Je déambule sur la passerelle au-dessus de la salle de lecture, sous la menace de poutrelles de fer. Elle ne peut pas me reconnaître. J'ai pris vingt kilos dans la journée. Mes cheveux sont longs, à mi-cou, noirs et un peu crasseux. Je porte des lunettes à double foyer. Ma veste est dépareillée avec mon futal, limite propre. Je suis presque repoussant.

Elle ne surveille pas. Une jeune étudiante arabe, qui n'a rien à se reprocher, n'observe pas son proche environnement. Dans la normalité. Simplicité et bon sens. Elle ne commet pas de fautes. Elle prend en notes comme une petite intello stressée. Elle tente d'ignorer les coups d'œil de son vis-à-vis boutonneux. Mais elle finit par le supporter.

Je ne reste pas longtemps. Juste le temps de veiller sur la quiétude de Yasmine. Quelques heures avant que ne se déclenche l'irréversible. L'*Engagement*. Je ne sais pas comment. Mais je sais qu'elle y parviendra.

Avant de quitter le British Museum, je m'attarde devant la Pierre de Rosette. Et sur ce basalte noir, se voile la menace. Les dangers sont trop grands, les risques démesurés.

Tu veux l'éprouver. Tu vas la brûler.

Elle ne va rien me montrer du tout. Je suis un sombre con. J'annule l'opération Sortilège.

Le British Museum est un fragment d'empire. C'est vaste. Les distances longues. Encore quelques pas. Ma fausse bedaine n'est pas idéale pour faire diligence. Avec culot, sans ticket de lecture, je me fraye un passage dans la Reading Room. En face du boutonneux. Personne. Plus personne.

Depuis « Hortense », encore essoufflé, j'avertis tout le dispositif : « Si vous le pouvez, interceptez 91. » Mais il est trop tard.

Personne ne stoppera plus Yasmine. Disparue. Avalée

85

par Londres. Le jeu a commencé. Avec pour seule mission :
la disquette d'Abdul Nawaz.

Qui, toujours, plonge sans succès son regard lubrique
dans le cou de ses visiteuses du jour. Toujours pas d'émeraude afghane. Pas aujourd'hui. Pas ce soir.

19 heures.

Abdul plie boutique. L'animation bat son plein sur Brick
Lane. L'air est empli de Tamise, si proche. Les saris des
femmes voilées ont envahi l'artère, que remonte lentement
Abdul, vers le nord, en direction de la grande brasserie.
Fatima, la Nigériane, est hors service encore ce soir. Bien
sûr, il reste l'option *back door*, mais, avec l'adrénaline toute
spéciale de ce jour sans fin, changer de proie le détendra.

Il s'arrête chez Bakri pour avaler une demi-douzaine de
brinjal bhajee. Un couple de touristes français entre derrière
lui. Ils ne trouvent rien de très convenable sur la carte sans
concessions de Bakri, et se réfugient sur des desserts aux
couleurs chatoyantes. En fait immangeables pour des Français. Une cochonnerie paki-anglaise. Un truc terrible. La
vie d'agent n'est pas un fleuve tranquille. Derrière la vitrine
poisseuse de Bakri, Abdul guette le va-et-vient des femmes
voilées. Il connaît toutes les silhouettes, met sur chaque
démarche une voix, un nom, parfois même un parfum.

Mais ce soir, Abdul quitte Brick Lane résigné. Il marche
vers Spitafield Market. Il refuse de remarquer les deux
dispositifs superposés qui, tout à coup, translatent vers
l'ouest, sur Fournier Street, le long de la chapelle. Il s'en
moque. Il en a assez de ces jeux d'espions. Il veut seulement

baiser. Une fille, une chatte inédite. Avec cette terreur en lui, Abdul Nawaz a perdu toute lucidité.

Et tout au bout de Fournier Street, là où s'incline la lumière vers l'ombre, tout juste là où l'Etrangleur a tué la première fois, se profile une silhouette inconnue. Ni le sari ni la démarche... Et ce port de tête si haut. A peine un voile noir. Une jeune femme. Les pulsations de son cœur s'accélèrent. Une inconnue. Imprévisible.

Elle change de trottoir. Ils se croisent subrepticement. Elle ne se retourne pas sur son regard. Et, tel un fantôme, elle ondule jusqu'à disparaître dans le crépuscule de l'East End.

Abdul Nawaz s'en retourne vers de noires pensées. Il se sent tout à coup seul.

Tout seul.

J'ai invité, ce soir-là, Mrs. Langeville à dîner à la Bombay Brasserie, sur Gloucester Road. Elle était très excitée par ses achats. En fait, honteuse de claquer l'argent de la République. Tout juste des fonds spéciaux. Certaines couvertures sont plus dispendieuses que d'autres.

J'essayais, pour cacher mon appréhension, de me montrer joyeux. Carole et moi avons évoqué des voyages lointains que nous n'avons jamais faits, et avons rivalisé, avec une certaine jubilation, dans un grand concours de mensonges croisés. Elle était assez brillante dans le domaine. Une certaine imagination qui permettait de présager d'autres délices.

Elle me prit très amoureusement la main.

– A quoi pensez-vous, cher Joseph ?

– A tant de fruits défendus, chère Lisbeth.
– Que dit le règlement ?
– Il y a un règlement à cet effet ?
– Au moins un code de déontologie, mon Joseph.
Mon Joseph. Dans la voix d'un adjudant-chef. *Mon Joseph.* Elle insiste :
– Je pense... qu'il y a eu jurisprudence en la matière.
Mon *tandoori* est brûlant. Et très relevé. Carole est à tomber.
Yasmine est isolée, dans la nuit de cet hiver qui revient sur Londres. Brume très prenante.
J'évite les yeux de Carole, la tentation.
– Je vous laisserai le lit ce soir, ma Lisbeth.
C'est un ordre.

Chinatown, Wardour Street, 23h10. Un restaurant chinois. Plat à deux pounds. Yasmine a choisi un *Roast Duck with Rice*. C'est plein de Chinois, donc sûrement pas infect. Elle se trompe, c'est seulement comestible.
Quand elle sort, sur Leicester Square il y a encore beaucoup de jeunes dehors, malgré une bruine maintenant dense. Elle se sent si proche, et si loin d'eux. Elle déambule, les mains dans les poches de son ciré, franchit Piccadilly, prend la direction de l'ouest. Tout est mémorisé en elle. Elle s'en va récupérer son bus à l'arrêt de Green Park. Elle passe devant un palace d'un autre âge, devant lequel s'affairent des portiers en haut-de-forme. Une limousine dépose un couple friqué. Elle détourne les yeux.
Elle est si seule.
Toute seule.

C'est Carole qui ouvre la porte de la chambre. A peine entrés, elle me saisit d'un doute. Elle chuchote :
– Et si...
– Nous étions...
– Observés. Ecoutés.
– Un homme, une femme...
– Un divan, un lit...
– Ce n'est effectivement pas crédible. On ne trompera pas sir Stephen.
Elle a déjà posé ses mains, sous les pans de mon costume bleu caviar, sur mes reins. Et juste la pointe de ses seins sur mon abdomen. Personne n'obéit plus à mes ordres. J'abdique :
– Faisons alors tout juste l'amour comme un vieux couple...
Et dans ses yeux, j'apprends déjà tout ce qu'elle aime.

12.

Février 1998. Hôtel Ritz, Piccadilly.

Pleine nuit. Plein cœur de la nuit. L'adjudant-chef a la peau si fine. Et le souffle de son sommeil est si léger. Son visage est posé sur ma poitrine. Ses longs cheveux courent jusqu'au bas de mon ventre. C'est une arme soyeuse pour que jamais je ne débande.

Je ne peux pas dormir. Sécurité individuelle : Yasmine est vulnérable. Sécurité collective : le groupe est exposé. Un rai de lumière vient depuis Piccadilly fendre la pénombre. Mon insomnie est gagnée de phobies. Paranoïa ? Pour moi, il est l'heure de quitter la scène.

Je tends mon bras gauche vers la table de nuit. Je déplace, si lentement, et je me surprends à beaucoup de tendresse, les épaules de Carole. Puis j'envoie un court SMS vers un numéro fantôme. Dès cet instant, une chaîne d'alerte fonctionnera, et, demain, le dispositif Sortilège s'évanouira. J'abandonne le terrain.

Nawaz est carbonisé. Je suis comme un loup blanc dans

cette ville. Demain, à la première heure, je l'attendrai devant son domicile de Manor House. Je le suivrai jusque dans la rame du métro. Et me placerai dans son axe de vue. Il me jettera, dans la première poubelle, la disquette, à la sortie de la station qu'il choisira. Je me moque du reportage photographique du MI5. Je prendrai ensuite le premier Eurostar pour Paris.

Je ne compte pas. Et Nawaz est déjà mort.

Je ne sacrifie pas la virginité de Yasmine.

Il est quatre heures du matin.

Au moment où.

Dans la brume de la grande banlieue nord, une ombre drogue un chien de garde. Franchit le premier mur de briques d'un jardin étroit, traversé sans le moindre faux pas. Même hauteur de mur. La morsure superficielle d'un tesson de bouteille sur le poignet droit. Un saut contrôlé. Réception féline.

Une courette qui sent la pisse de chat. Juste une serrure lambda à crocheter. Mais derrière la porte, le faisceau invisible d'une cellule photoélectrique, juste à hauteur de cuisses. L'ombre se plaque au sol. Rampe sur deux mètres. Jusqu'au bas des marches d'un escalier moquetté. Le cottage sent le tabac froid.

Onze marches, puis un couloir qui distribue quatre pièces. Ce n'est pas la première, en chantier. La deuxième est un bureau, bordélique, où s'entassent des ordinateurs de toutes tailles, et de toutes générations.

C'est la troisième : la chambre.

Et malgré la fenêtre entrouverte, une vraie pénombre.

Il est seul dans le lit.

Elle découvre sa gorge, qu'elle lui a cachée sur Fournier Street. Trop d'indésirables. Au sari chamarré a succédé une combinaison noire, terne, qui se fond avec la nuit.

Elle s'assoit doucement sur le lit. Le sommier soupire. Il dort profondément. Elle pose sa main sur une épaule. Le réveiller sans heurt. Pas de cri. Pas de geste violent. Et d'abord lui montrer l'émeraude, à la naissance de ses seins. Il ne doit pas allumer la lumière. Elle débranche d'un geste sec la lampe de la table de nuit. Elle a craint de le réveiller trop brutalement. Mais il dort vraiment profondément.

Profondément.

Elle glisse une main dans son cou.

Il n'y a plus de cou.

Et, soudain, une odeur inconnue, très métallique, et un liquide poisseux. Comme tiède.

Elle tire le drap.

Carnage.

La tête d'Abdul Nawaz est détachée du reste du corps.

Le sang est frais. Trop frais. Tiède.

Elle n'a pas le temps de se retourner. Quelque chose de froid et de puissant lui enserre la gorge. Avec deux mains qui se croisent derrière sa nuque.

Et verrouillent un filin d'acier.

Le regard de Yasmine. Ses deux yeux noirs.

Tout se brouille. Eperdue. Les mots d'un instructeur. Un instinct de survie. Un éclair. Sa main droite ouverte part frapper au point le plus faible d'un homme. Elle saisit les couilles. Puis retourne violemment le poing. L'homme en vomirait de douleur.

La pression autour de sa gorge s'est brutalement desserrée. Alors elle détend son coude gauche qui frappe au thorax. L'agresseur se plie en deux. Un coup. Un seul.

Du tranchant de la main, un coup qui tue.

Le corps d'un assassin qui trébuche.

Sans s'accorder le moindre répit, elle lui retire la cagoule. Ses yeux sont renversés. Il est jeune. Un Arabe. Comme elle. Un frère. Il est vêtu d'une veste de treillis claire. Elle ne trouve rien d'autre sur lui que, dans l'une des poches ventrales, une disquette de couleur jaune. Sur l'étiquette, juste un S.

Sortilège.

Et alors, tout à coup, tout ce sang qu'elle a sur les mains. C'est le sien. Son tour de gorge est salement entaillé. Et puis, ces deux cadavres, cette violence immédiate. Tout se met à trembler en elle. Avec toutes les larmes de sa jeunesse sacrifiée. Elle n'a pas le temps de vaciller.

Un murmure dans l'escalier.

La fenêtre est entrouverte. Elle l'enjambe. Le vide d'un étage. Les genoux amortissent un peu. Roulé-boulé. Trois foulées. Un mur de brique. Un jardinet. Des voisins qui dorment. Un second mur de briques. Une ruelle humide.

Elle pisse le sang. Elle est seule. Criminelle, l'ombre s'enfuit.

13.

Manor House, banlieue nord de Londres. Tôt, le matin.

6 h 45.
Je n'attendrai pas Abdul devant chez lui. Je ne suis pas seul. Une vingtaine de véhicules de police embouteillent la rue. Des cordons de sécurité partout. Des sirènes dans l'aurore. La Special Branch du Yard a pris le contrôle de tout le voisinage. Feu d'artifice de gyrophares.

Je tourne les talons.

Et je revois le regard d'Abdul vers la caméra de surveillance. Je savais ce qu'il implorait. Que je me décide à ce que nous fassions le travail proprement. Ce n'était pas une décision simple. Mais c'était une option.

Et je n'avais jamais été placé devant un tel choix. J'aurais trouvé un départ convenable. Une nuit sans réveil. Poison indicible. Et sans douleur. *Mais l'aurais-je vraiment décidé ?* Je pouvais aussi l'escamoter. L'engloutir quelque part sur le continent indien, ou partout ailleurs dans le monde.

Mais peut-être, parce que je n'avais aucune confiance en Abdul Nawaz, aurais-je opté pour la solution la plus simple. Il est trop tard.

Je marche, sans aucune hâte, vers la station de métro – Manor House est une banlieue résidentielle modeste – vers où convergent de très nombreux petits employés.

Au moment de franchir le portique du vieux bâtiment victorien de la gare de Manor House, j'oblique sur ma droite, coupe la rue principale, rejoins le trottoir d'en face. Saute sur l'arrière d'une puissante moto, celle-là même qui m'a enlevé, une demi-heure plus tôt, dans mon jogging vers Hyde Park Corner.

Ma colère disparaît sous un casque intégral noir. Sortilège est un échec. Un fantasme avorté. Yasmine ne me montrera rien.

Nous ne sauverons jamais plus Massoud.

7 h 18.

Elle s'est réfugiée là cette nuit. Comme un animal.

Elle a couru tant qu'elle a pu. L'entaille n'était pas profonde. Mais elle saignait beaucoup. Vers Finsbury Park, elle a longé l'enceinte ouverte d'un stade. Des vestiaires. Des toilettes. Peut-être des serviettes.

Elle a fracturé très facilement une porte, a nettoyé tant qu'elle a pu la plaie, et s'est permis de prendre une douche chaude. Aux lavabos, elle a rincé les manches et le col de sa combinaison. Elle a eu la faiblesse de s'asseoir un instant, nue, sur un banc, dans le vestiaire des hommes. Yasmine ne s'est pas sentie partir. Les voiles sont tombées. Le visage d'un frère arabe. Un assassin. Puis, rien.

Au cadran de son chrono, il est 7 h 20. Le bruit d'une tondeuse. Une odeur lointaine de camphre. Il fait encore presque nuit. Elle colle son dos contre le mur froid de la pièce. C'est un vestiaire qui ressemble à celui du gymnase de son collège. Même vide, et humide, il transpire.

Yasmine se redresse. Avec des gestes très lents, presque mesurés, mais en frissonnant, elle se rhabille. La combinaison est encore humide. Elle prend l'une des serviettes rêches, disposées en tas, en bout de banc, pour l'enrouler tout autour de sa gorge. Elle n'a pas de fièvre. Tout juste mal au crâne. Mais guère pire qu'après une nuit de teuf.

Tout s'est passé très vite.

Le jeu a mal tourné. L'homme, derrière elle, ne participait pas à un exercice. Il était là pour tuer. Il avait tué. Elle n'avait pas rêvé.

Instinctivement, elle a posé sa main sur la poche de sa combinaison. Elle a senti le volume plat de la disquette. Son frère arabe était aussi venu pour voler. Tout cela n'était pas un jeu. On lui avait menti. On l'avait trahie. Manipulée.

Ou peut-être était-ce cela le jeu ?

8 heures.

Je suis impeccable. Trois-pièces anthracite. Mon épouse tartine ses toasts. Julien, le maître d'hôtel, a certainement noté mon nouveau retard.

Je prends place en souriant. C'est l'adjudant-chef qui paraît le plus gêné.

— Vous avez fait honneur à votre couverture, cette nuit, madame Langeville...

– Beaucoup de zèle, vous aussi, répond-elle très sèchement.

Cette fin d'opération est un désastre. Le matin gris rompt le sortilège.

– Et comme toujours – j'ai besoin de conclure, c'est une nécessité pour tous les deux – on ne nous décorera pas pour services rendus.

Cela ne la fait pas sourire. Elle devait espérer quelque chose de plus tendre ce matin. *Grand imbécile.*

Un type d'une cinquantaine d'années, le nez en l'air, traverse la salle en notre direction. Il pourrait bosser à la City, dans une compagnie d'assurances ou une banque d'affaires. Aucune faute de goût. Légèrement grisonnant et bedonnant. Pas de doute. Il est pour moi. Et ne travaille ni dans les assurances ni dans la banque. Il se place sur le côté de la table, face au parc. Pose à plat ses deux mains sur la nappe immaculée.

– Monsieur Langeville, je vous prie ?

Un regard suffit pour éloigner Madame. L'homme prend sa place sans ma permission. Il ne décline pas son identité. Inutile.

– Veuillez m'excuser, monsieur.

Son français est parfait.

– Je suppose que vous n'êtes pas surpris... Comment s'est déroulé votre exercice matinal ?

J'ai décidé de ne pas lui répondre.

– Monsieur Langeville, nous avons appris que votre séjour à Londres, parmi nous, serait plus bref que vous ne l'aviez prévu. Vous rentrez par l'Eurostar de 10 h 01.

Je ne le lâche pas du regard. De toute manière, il sera imperturbable. Dès leur première punition corporelle à la public school, les hauts serviteurs de l'Etat britannique sont le stoïcisme même.

— Nous ne vous regretterons pas. Il va sans dire que vous ne serez pas, non plus, à nouveau espéré chez nous.

C'est-à-dire que je suis *tricard*.

— Entre alliés, j'irai même jusqu'à évoquer les mots de *services amis*. Il est très décevant de constater que les uns viennent piétiner le jardin des autres, sans mesurer les conséquences de leur vandalisme.

Néanmoins, il est à la porte de la colère. Moi aussi.

— Vous avez perdu stupidement un agent cette nuit, monsieur. Simplement, pour ne pas avoir voulu collaborer.

J'ai envie de lui répondre que Rachid Ramda n'a toujours pas été remis à la disposition de la justice française. Mais je dois me taire.

— On ne s'espionne pas entre amis. Vous êtes pris la main dans le sac. Mais l'affaire s'arrêtera là. Vous avez été puni cette nuit.

Salopards.

Il se lève un peu brutalement. Mais avant de prendre congé, m'assène le coup de grâce, le coup de pied de l'âne.

— Ce qui nous ennuie aussi... c'est le second cadavre. Celui de l'homme qui a probablement « décollé » votre agent. Un coup violent porté à la tempe. Nous avons pu apprécier, cette fois, le professionnalisme.

Il me laisse un peu mariner.

— 10 h 01. Après, ce sera le tour de Scotland Yard. J'espère que Mme Langeville prépare déjà les bagages. Adieu, colonel.

Il me tourne enfin le dos.

C'est Waterloo.

9 h 50, à la gare qui en porte le nom.

Retraite honteuse. Je sais que je vais être attendu avec impatience. A la hauteur du résultat. La moindre des consolations est que nous n'aurons peut-être pas, cette fois-ci, les honneurs du communiqué. Mme Langeville n'est au courant de rien. Elle feuillette *Vanity Fair*. En deux jours, elle est devenue l'adjudant-chef le plus chic de l'armée française. Elle porte un tailleur saumon qui pourrait être un Chanel, mais la Maison n'a pas les moyens.

Un second cadavre. Tout est plus compliqué. Ou très grave.

Je pense à elle.

Elle ne trouvera plus Nawaz aujourd'hui. Le Pakistanais absent de son commerce, cela signifie la fin de l'exercice. Les consignes sont claires. Je sais que, scrupuleusement, elle les suivra.

Nous sommes presque seuls dans la voiture de première classe. Tout au fond, juste un Russe et sa poule. En route pour le gai Paris. Des passagers, à peine dans les temps, remontent encore le quai vers la tête du train.

9 h 58.

Pour Carole, je masque une nervosité qui s'emballe. Je n'ai aucune confiance dans le *fair-play* de nos Cousins. Je m'attends à voir monter d'un moment à l'autre une escouade de poulets. Le bouquet.

J'ai mis en difficulté la Boîte et, au-delà d'Abdul Nawaz, exposé tous les agents du dispositif. Je suis seul responsable.

99

J'ai monté un truc opposé à mes principes de bon sens et simplicité.

Et surtout, je me suis servi de Yasmine. Trois mois de formation. Une gamine. Je suis irresponsable. Manipulation d'une débutante dans une opération primordiale. Règle élémentaire de sécurité piétinée. Faute professionnelle. Mille manières de récupérer les informations sans compromettre Yasmine. Ou qui que ce soit d'autre, d'ailleurs. Et puis... il y a Massoud.

J'ai passé l'âge de toutes ces conneries. Quand on bascule vers l'autre versant, on a tout vu, tout fait. On est sage à vingt ans. Désespérément fou à quarante-cinq ans.

Au moins, et cela, je le lui avouerai plus tard, très tendrement cette fois, la nuit avec Carole a été délicieuse.

10 heures.

Le carillon de Big Ben, à un kilomètre de là, sonne à la volée.

Une jeune femme en retard glisse en petites foulées devant notre fenêtre. Une casquette sur la tête. Un ciré bleu. Une serviette blanche, d'un hôtel peut-être, sur la nuque. Baskets orange. Je ne bouge pas. Même Carole ne s'est rendu compte de rien. Encore trente secondes.

Signal d'alarme. Les portes se ferment. Compression. Un instant d'inertie. Une parenthèse.

Nous bougeons. Nous partons. Nous fuyons.

14.

Un train à grande vitesse, campagne de France.
Février 1998.

Le Nord s'efface. Champs de Picardie.

Les yeux de Carole, tour à tour juges et victimes, ne regardent plus le chef comme avant. Peu m'importe puisque le débat risque d'être tranché dans les jours à venir. Pour me rendre aimable, mais pas seulement pour cela, je lui propose quelque chose à boire. Un café pour tous les deux. Direction, la voiture-bar.

A mon passage, un homme s'est levé dans la voiture voisine de la nôtre. Il me suit à quelques travées. Service après-vente du MI5.

Le bar est animé. L'hôtesse des wagons-lits est ravissante. Mais je ne regarde plus qu'une seule femme : debout, une bouteille de Coca à la main, ses yeux fixent le paysage aspiré.

Yasmine sait que je suis là. Elle ne se tourne pas vers moi. Et baisse les yeux sur le repose-plateau, sur lequel sont plaquées ses mains. Elle a conservé cette serviette nouée autour du cou.

Je reviens vers l'hôtesse et commande une salade. La fille n'est pas assez rapide à mon goût. Pourtant, je ne dois rien laisser paraître. Aucune impatience.

Je pose mon plateau à côté de celui de Yasmine. Elle a avalé la moitié d'un sandwich-club. Silence. Nos yeux plantés sur du colza encore vert. Un océan de colza. J'ai envie de lui prendre la main.

Elle est tout à côté de moi. Et malgré le sifflement de l'Eurostar, j'entends le souffle un peu plus rythmé de sa respiration. Dans notre dos, l'agent de sir Stephen. Je ne sais plus ce que j'avale. Nous nous fixons dans les reflets de la vitre. Elle baisse les yeux. Pour la dernière fois, depuis que je l'ai enlevée, avant l'aube, avenue Montaigne. Elle chasse une larme. Furtive.

Mon Dieu. Elle était là. Dans le cottage de Manor House. Elle était là, et elle a vu.

Ou bien...

Mon Dieu, Yasmine. Elle relève le visage. Livide.

Qu'as-tu donc fait ?

Nous sommes restés ainsi près d'un quart d'heure. J'étais incapable de m'en aller. Je voulais me retourner, et mettre une tête au carré à l'homme du MI5. Et puis la prendre dans mes bras. Lui demander.

Pardon.

Nous n'avons commis aucune faute. Elle regagna sa place, la première. A l'opposé de notre voiture. Je ne l'ai pas regardée s'en aller. J'ai commandé deux cafés. Paris se rapprochait.

Gare du Nord. D'autres regards couvraient notre trajet jusqu'à la file d'attente des taxis. Yasmine s'était volatilisée. Quelque part avalée, dans le labyrinthe souterrain du métropolitain. Le taxi a d'abord déposé Carole, boulevard des Italiens, passage Montmartre. Histoire de pimenter une filature. J'ai arrêté le taxi rue Saint-Lazare, disparu dans le métro. Près d'une dizaine de sorties au choix. Un dédale pour curieux indésirables. J'étais épuisé. Vidé.

Je suis rentré directement au Siège. J'avais raison : j'étais attendu. Les merdes volaient en escadrilles. Les ministres s'étaient téléphoné. Notre glorieux ambassadeur, successeur de Chateaubriand et de Paul Morand, avait déjà mis en balance sa démission. Je m'en moquais. Les cartons seraient rapidement pliés. Février était le bon mois pour plonger en mer Rouge. Ou pêcher, dans le soir céleste, avec, à l'horizon, de grands éléphants paresseux, sur le lac Kariba.

Je n'attendais plus rien de la Boîte. Et j'ai bien senti, dès les premières sommations, que c'était elle qui avait besoin de moi, et non l'inverse. Mais c'était vrai que l'on n'avait pas décapité une source du Service depuis longtemps. Nous nous sommes accordés pour tout nier. Le ministre ne capterait rien, de toute manière. Depuis longtemps, comme ses prédécesseurs, il se désintéressait du Service. Et la cohabitation nous aiderait à faire avaler la pilule. Toute la faute sur le dos des Anglais. Une solution qui, par défaut, convenait au Directeur général. Cependant, l'atmosphère était sismique. En sortant du bureau du Patron, le directeur des Opérations et moi avions encore sur nos visages le souffle du typhon. Sortilège laisserait des traces profondes.

Dans les heures et les jours qui ont suivi, je n'ai jamais évoqué mes doutes sur le rôle qu'aurait pu jouer Yasmine.

Je suis sorti du Siège tard. J'ai descendu le boulevard Mortier à pied, jusqu'à la porte de Bagnolet. J'avais besoin de marcher jusqu'à chez moi. Un studio de célibataire, déserté, dans un immeuble neuf, dans un coin du XXe, presque la province.

Une pièce-cuisine. Pas besoin de plus. J'ai balancé la valise dans un coin. Et avant de tomber, tout habillé de mon costume de banquier, sur mon pieu, j'ai, par instinct, ouvert ma messagerie électronique. Une trentaine de courriers. Et parmi la somme d'urgences, dans un monde qui sombrait dans le chaos, un message promotionnel. Une offre d'abonnement pour un service Internet inédit, née de l'imagination commune de deux espions.

Je n'étais pas encore couché.

Yasmine a réussi.

23 h 30.

Une pharmacie à deux pas des Champs-Elysées. Toujours ouverte la nuit. Mon correspondant est là. C'est une réfugiée politique, une fille d'Ethiopie. J'ai obtenu que la France soit sa terre d'accueil.

Elle m'en sera, pour toujours, reconnaissante.

Je lui explique mon calvaire. Mes douleurs aux lombaires. Un mal de vieux parachutiste. Trois mille sauts. De jour, de nuit, avec armement, en mer. L2, L3, L4 en compote. Je lui présente une ordonnance. Ses mains sont si longues. Et tout l'or de son pays. La corne de l'Afrique resplendit à son poignet droit. Ce bracelet, dernier lien avec Addis.

Elle disparaît, puis revient avec, dans un petit sac, le médicament prescrit. Elle me rappelle la posologie. Une vraie conscience professionnelle. C'est elle qui me remercie.

J'attends de m'être éloigné. A l'angle de la rue de La Boétie et des Champs, je vérifie le contenu du petit sac. Je tâte l'enveloppe américaine. Je ne résiste pas. Une disquette jaune. Une étiquette. Un S. Sortilège.

Nous ne ferons que retarder l'échéance, mais Shah Ahmed Massoud fera face aux talibans trois ans encore.

Dans quelques semaines, j'irai lui porter en sa retraite du Pamir Tadjik, à plus de cinq mille deux cents mètres, là où les hélicoptères hostiles ne peuvent plus franchir les passes, des nouvelles de France. La neige aura coupé les routes et les chemins. Il m'enverra une caravane de chameaux. Silhouettes des moudjahidin, courbés dans la dernière offensive du froid, contreforts de l'Himalaya. Et tout au bout du voyage, avec l'odeur des bêtes longtemps sur moi, le *pakol*, l'amitié, les yeux verts, ou cuivre, de Massoud. Tournés vers l'ouest, d'où ne venaient plus que des messagers impuissants. Vers l'ouest, et les hautes vallées du Panjshir.

D'où, quatre ans plus tard, ivres de colère, ses hommes orphelins marcheront sur Kaboul. Ils crieront, en égorgeant les talibans : « *Amer-Saheb, laisse-nous mourir pour toi !* »

Je ne le reverrai plus.

Une beurette de la cité des Tarterêts a un peu modifié

le destin d'un chef de guerre lointain, là où se jouera l'équilibre du monde, là où viendra le mal.

Ainsi va le monde.

Avec ou sans Massoud.

Nous avons cherché Yasmine, volatilisée, bien des jours, et tant d'heures solitaires. J'ai mis tous mes chiens de chasse sur ses traces. Je n'ai pas dormi une seule minute. Dix nuits durant, j'ai fui avec elle. J'ai investi les hommes et le matériel nécessaires, à la recherche d'une jeune femme, avec peut-être, à son cou, sertie sur la tête d'un cobra une émeraude afghane, le cadeau d'un chef de guerre, quand la DGSE, hier, était son épaule. Un lien entre une femme, un homme. Le souffle d'un guerrier, aux yeux émeraude, sur le cou, sur cette peau cuivrée, d'une jeune musulmane, qui s'éloigne, dans un voyage désespéré.

J'ai trahi Yasmine.

Et je ne reverrai plus jamais Massoud.

15.

Mars 1998.
Plaine du Rif, tout au nord du royaume chérifien.

Depuis ce promontoire, elle dominait toute la vallée. Et là-bas, l'océan, qui embrassait la Méditerranée. A cette heure, leurs amours tourmentées levaient un vent marin qui s'en venait sur le flanc des collines, mosaïque et arabesques, était-ce un zéphyr, ce souffle tiède malgré l'hiver, ce désordre joyeux qui jouait avec ses mèches aux reflets de henné ?

Une femme arabe était montée en haut de ces collines que l'on suspectait, à raison, stupéfiantes. Le sentier qui l'avait menée là était pentu, épineux, il écorchait les genoux et la paume des mains. Lauriers, oliviers, cyprès. Le jardin de ses ancêtres, face à un morceau d'Europe, une terre de détroit, de contrebande. La caresse de l'Orient à l'Occident.

Elle attendait le soir, l'inflexion de la lumière. Elle tendait le visage vers le soleil, encore chaud, de la fin du jour. Cette lumière, nulle part plus câline, qui léchait une fine cicatrice rectiligne, tout autour de sa gorge. Et quand elle y portait ses mains, elle revenait là où les assassins, sous leur cagoule, ont le visage de ses frères. Elle vivrait, pour toujours, avec ce choc dans son dos, celui de cet homme qui se collait à elle, pour l'égorger.

Elle s'était assise face à toute cette vie, cette promesse du jour qui reviendrait, demain, quand elle chercherait à quérir le pourquoi de tout un monde qui s'affrontait en elle.

Elle avait donné toute sa confiance de femme perdue. Elle avait cru, et accordé le meilleur d'elle-même. Elle ne s'était pas révélée, parce qu'elle savait déjà que, de ces collines, de cette senteur océane, elle avait hérité de quelque chose de différent. Cette force, qu'elle ne comprenait pas, qui s'emparait d'elle, pour tracer un chemin au travers d'hommes en colère. Cette puissance, qui lui conférait les talents exceptionnels d'une femme déjà accomplie, était-ce, dans la magnificence du repos de toutes les lumières du Sud, le signe d'un ailleurs, jamais, auparavant, rencontré ?

En posant ses doigts sur sa chair encore sensible, elle frémit. Dieu ?

Quand la lueur eut fini d'éclabousser sa gorge meurtrie, pour survivre sur les neiges éphémères, tout en haut du djebel, elle commença une longue descente vers les cédraies de la vallée. Où son village, cerné de citronniers, se parait, au crépuscule, d'un bleu si pâle, l'appel du soir.

Elle remarqua les phares d'un véhicule qui remontait la route d'El-Fendek. Elle pensa d'abord à des hommes de retour de Tanger, quand bien même il était trop tard pour s'en revenir des marchés, et trop tôt pour quitter les cafés du Petit Socco. Le véhicule progressait plus vite qu'elle.

Elle en déduisit que, si elle n'accélérait pas la cadence de sa marche, la voiture parviendrait au village, un regroupement d'une trentaine de maisons, une dizaine de minutes avant elle. Peu lui importait finalement. Et elle se laissa, avec insouciance, couler sous l'obscurité, dans la senteur des grands cèdres.

La voiture, un véhicule de location de marque française, était garée sur la placette, là où chantait le long baiser d'une fontaine conquise par les mousses, l'éternel printemps, la nonchalance.

Un homme, assez grand, entre deux âges, un Européen, était penché sur le capot. Il étudiait calmement une carte d'état-major. Ses cheveux, gris il y a trois mois encore, avaient subitement blanchi en quelques semaines. Son dos était large. Il portait une veste longue de cuir, un pantalon de toile bleue, des chaussures de randonnée. Une barbe de trois jours. Des yeux clairs. Il entendit un pas léger dans son dos. Si léger. Démarche de femme arabe. Il replia d'abord la carte, avant de se retourner. Juste avant qu'elle ne lui dise :

– C'est bien ici, colonel.

Simplement. Avec une grande sérénité.

Il ferma les yeux. Comme pour l'inviter à se rapprocher. Elle hésita, mais à cette heure, c'était bien le seul homme contre lequel elle souhaitait se blottir. Contre celui-là même qui l'avait confrontée à la haine et à la terreur. Ce même parfum. Et ce même regard, pour elle.

Comme jamais, un homme.

Et dans ses bras, tout contre lui, adossés à la fontaine généreuse, ici, au cœur du village du Rif où étaient nés ses parents, elle lui parla longtemps, elle lui dit comment. Pourquoi.

Elle avait tué.

Et qu'elle n'avait dû son salut qu'à ce seul bijou, celui que caressaient désormais les doigts de l'homme.

Le filin d'acier avait rencontré la tête du cobra. Tout à la base de la gorge.

L'émeraude était rayée. Dans les yeux noirs de Yasmine, un sortilège afghan.

Je suis resté six jours. L'oncle de Yasmine m'hébergea dans un gîte pour bergers à la sortie d'un village. Elle m'a guidé dans ces montagnes magiques, entre l'océan et le ciel. Finalement, depuis Vézelay, nous n'avions plus parlé l'un à l'autre. Nous ne nous sommes rien pardonné. Je l'ai laissée, chaque heure davantage, revenir vers moi, jusqu'à ce jour, quand elle demanda à repartir avec moi, en France.

Elle était prête.

Je lui ai dit que j'avais, pour elle, de grands projets, et qu'elle deviendrait celle sur laquelle, dans les années à venir, je compterais le plus. Nous redoutions la structuration de la galaxie islamiste. Partout où les fondamentalistes combattaient, du Kosovo à l'Indonésie, les groupes commençaient à tisser entre eux des liens, qui demain deviendraient des réseaux solidaires.

Aucun service occidental n'avait réussi jusqu'à présent, hors ses frontières, à infiltrer efficacement le cœur du dispositif. Approcher les émirs. Algériens, pakistanais, saoudiens, kosovars, égyptiens, tchétchènes, afghans, yéménites.

Ecouter. Jusqu'aux battements de leur cœur. Vivre dans le dos de la terreur. Accompagner la progression du mal.

Tout ce que j'attendais d'elle.

Et désormais, elle n'existerait plus que pour moi seul. Un agent masqué. Parfaitement anonyme. Sur les notes à la hiérarchie, apparaîtrait Emeraude.

La source Emeraude, fontaine magique du Rif.

Elle n'aurait plus qu'un seul contact avec le Service. Je serais un filtre absolu. Je fixerais les orientations, lèverais les moyens nécessaires, et prendrais tout le temps pour elle.

Entre Emeraude et moi, une entrée, une sortie. Retour aux principes de la vieille école du renseignement. Un gage, pour elle, de sécurité et de survie.

Plus rien ne sous séparerait. Elle serait mes yeux, là où je ne pouvais pas voir, mes oreilles là où je ne pouvais pas entendre. Elle saurait empêcher le pire.

J'avais déjà tracé le chemin.

Le dernier soir, dans la splendeur de l'hiver vaincu, elle m'invita, là-haut, à suivre le terme du jour. La douceur de mars, l'océan était marbré, et mordoré son visage. Yasmine me parla de sa foi, et de la détermination d'hommes ignorants à détruire ce en quoi elle croyait.

En arabe, la main droite posée sur le bijou de Massoud. Elle me récita un verset du Coran.

Puis elle me prit la main. Elle était prête. Elle était mon Armée.

Bienvenue, Yasmine, dans le royaume des Grands Secrets.

16.

La même année, plus tard, au printemps.

Gare RER d'Evry-Courcouronnes.

Kinshasa-Alger-Tombouctou-sur-Seine. Les communautés ont pris possession de cette gare, à mi-chemin entre mosquée et cathédrale. La salle des pas perdus est un forum du Maghreb, ou un marché congolais. Beaucoup de vie, un peu de trafic. Courants d'air, fraudeurs, et trains en retard.

Ils se croisaient toujours à la même heure, quand elle rentrait de son école d'infirmières, et quand lui s'en allait, à l'heure des loups, disparaître en Paris.

L'imam, cet étranger, ne parlait pas un mot de français. On le disait saoudien, peut-être yéménite. Il ne sortait de son sous-sol qu'à la tombée de la nuit. Sobrement habillé. Un costume sans cravate. Une chemise blanche au col fermé. Jamais un imperméable ou une surveste. Il était à peine plus âgé qu'elle, trente ans peut-être. Un mètre quatre-vingts. Très brun. Un teint de peau assez clair, voire parfois une pâleur, jamais passagère. Il était svelte. On disait qu'il pratiquait des exercices secrets au petit matin, avant l'heure de la première prière.

Personne ne savait vraiment où il dormait dans la cité. On supposait qu'il changeait fréquemment de lieu d'asile. Dans tous les cas, une dizaine de jeunes disciples veillaient sur sa tranquillité. Il ne fréquentait pas les *tablighs*, pas assez discrets. Pour l'extérieur du monde, il n'existait pas. Il avait disparu à la fin de l'année précédente, mais était revenu trois semaines plus tard. Nul ne savait où il avait voyagé. Il avait réapparu comme s'il n'avait jamais quitté ni les Tarterêts ni la Grande Borne. Il était juste un peu plus hâlé. Touché par un soleil d'Orient.

Sa démarche était souple, féline. Et s'il était élégant, presque beau, il se fondait toujours dans la masse, anonyme. Mais si l'on parvenait à capter son regard, l'on plongeait dans quelque chose de particulier. Plus que du charisme, de l'envoûtement.

Cette fois, il l'arrêta. Il lui prit doucement le bras en lui souriant. Son chapelet dansait sur les doigts de sa main opposée. Ils semblaient se connaître depuis si longtemps. Pourtant, c'était la première fois.

– Tu es Yasmine, non ? La fille d'Ibrahim...

– Et de Meryem, oui.

Il tourne le dos à la caméra de surveillance de la RATP, l'entraîne ailleurs.

Il est tard au fort de Noisy. Je viens de mettre la main sur l'enregistrement vidéo. Il lui prend le bras, comme je le ferais. Ils disparaissent vers la zone de départ des bus. Leur premier voyage s'effectuera en carte orange.

Laisse, Yasmine, s'entrouvrir la porte.

Je rentre trop tard, comme à mon habitude. C'était à peine sept heures auparavant. Où sont-ils tous les deux ? Que font-ils ? A-t-elle déjà cédé ? Ou bien ne cédera-t-elle jamais ?

Je sais ce qu'il attend d'elle. La première fois qu'il l'a croisée, dans cette gare ouverte aux quatre vents, il a su. Il a su, comme moi, un jour d'automne et de pluie, avenue Montaigne, que cette fille, cette femme, était un agent parfait.

Ce soir, il ne veut pas la baiser. Il la recrute. Il l'enlève.

Comme je l'ai déjà fait.

Cette nuit, elle a deux maîtres.

Je dois la partager. C'est la mission.

J'écrase mon poing le plus violemment possible contre le mur. Un mur nu. Sur lequel j'écorche le dos de mes phalanges. Et comme je ne veux rien m'avouer, je me cuite.

Cette nuit, les yeux de l'ennemi convoitent la gorge parée de Yasmine. La tête du cobra. Son émeraude. Notre secret.

Cette nuit, elle devient un agent double.

17.

Dans l'œil de mes jumelles :
Beyrouth, avril 1999, déjà le printemps.

Une Mercedes blindée dépose Yasmine rue de la Marseillaise. Elle marche à peine, quinze mètres, puis elle est happée par une Audi aux vitres teintées, qui fait demi-tour en pleine rue et prend la direction de l'est. Je sais où ils la conduisent. Ils remonteront vers le nord, par la route côtière, jusqu'à Byblos, ou plutôt à Jbail. Quand elle descendra de la voiture, sur le petit chemin pavé qui mène à la mosquée, une bourrasque de Méditerranée s'emparera de sa chevelure désormais rousse. Elle jettera les yeux vers là où se croisent les mers, chez elle, sur les balcons du Rif. Chardon des Tarterêts, fleur de Tanger, dans le battement de ton cœur, sur le littoral aux grands cèdres, dans la paix recouvrée de tous les fidèles d'Orient, tu viens établir ta nouvelle base, sur le baiser du Liban.

Je n'ai pas revu Yasmine depuis sept mois.

Nous avions opté ensemble pour une immersion totale. Pour garantir les lendemains, je l'ai abandonnée à ses nouveaux protecteurs. Je ne pouvais pas risquer de la compromettre. Puisque sa mission était d'aller bien au-delà, je pris sur moi-même de la perdre de vue, afin qu'elle se rapproche, sans s'exposer, du premier cercle. Peu importait le temps, peu importait le vide entre nous, ces nuits bouleversées quand je l'imaginais confrontée à ce que je redoutais. L'éloignement, finalement, me liait plus encore à mon agent. Sept mois sans elle, pour me conduire, ce jour d'avril, au fond de mon impasse. Il était enfin l'heure de connaître *hier* et *demain*.

Je n'étais pas revenu à Beyrouth depuis dix ans. Depuis l'époque glorieuse où nous avions exfiltré le général Aoun, confiné dans l'ambassade de France, à Baabda, cerné par les forces syriennes. Une opération parmi celles que nous savions, alors, exécuter.

J'avais le souvenir d'une ville hallucinante, balafrée, insouciante et barbare. Ce n'était plus qu'un souvenir. Beyrouth était redevenue la porte de tous les Orients. Mais aussi celle, entrouverte, par Yasmine.

Tout était allé très vite, beaucoup plus rapidement que je ne l'escomptais. Je ne pouvais, pourtant, être surpris par cette capacité d'adaptation. Les premières semaines, elle rendait à l'imam Abdelakrim Moussouf des services courants : ravitaillement en nourriture, achat de titres de transport... Puis au fil des jours, elle posta des courriers, porta des enveloppes, puis des paquets. Nous n'avons pas intercepté les premiers envois. L'imam pratiquait des tests, de jeunes fidèles filaient Yasmine. La chaîne de courrier ne pouvait être rompue sans mettre Emeraude en danger.

Lorsque j'ai acquis la certitude de la confiance de l'imam, et de la liberté toute relative de Yasmine, nous avons mis en place un protocole très sophistiqué de détournement du courrier. Nous avons loué dans Paris une demi-douzaine de studios, transformés en laboratoires volants, occupés par nos meilleurs spécialistes en la matière. J'avais fixé le temps maximum d'ouverture, de photographie, microfilmage, et de fermeture à sept minutes. Une fois par semaine, nous disposions de plus de temps.

Moussouf confiait un courrier à Yasmine à 7 heures le matin, elle prenait le RER de 7 h 15 à Courcouronnes, changeait à Juvisy à 7 h 23, empruntait le train Sarah, express de 7 h 33. A 7 h 50, elle débarquait gare d'Austerlitz, se rendait à pied à son rendez-vous chez son dentiste traitant, rue Buffon. Elle longeait les grilles sur le trottoir de droite. A cette heure, il était aisé de repérer une filature. Le cabinet dentaire était au deuxième étage. Yasmine montait toujours à pied. A son passage, une porte s'ouvrait au premier étage. Elle confiait à une main tendue l'enveloppe ou le paquet. Elle était toujours admise par le praticien à 8 heures. Nous avions bloqué le planning du chirurgien-dentiste chaque jour de la semaine pendant quatre mois. Quand Moussouf chargeait Yasmine d'une mission, elle consultait simplement, depuis le RER, sur son portable, sa messagerie. Les bornes de téléphones mobiles entre les gares de Corbeil et de Juvisy étaient *maquées* par nos ingénieurs Telecom. Dès que se déclenchait sa messagerie, nous disposions de quarante-cinq minutes pour engager notre dispositif. Lorsque le rendez-vous hebdomadaire dentaire était épuisé, six autres points de récolte étaient disponibles. L'ordre de fréquentation de chacun était panaché chaque semaine en fonction de la pression atmosphérique. Yasmine appelait tous les matins depuis son portable le service de consultation de Météo-France du département de l'Essonne. L'isométrie constatée à 7 heures du matin par la station météorologique de Brétigny désignait le lieu d'échange : entre 950 et 990 hectopascals, les toilettes pour femmes d'un bistrot place Saint-Michel, entre 990 et 1010, un cybercafé rue des Ecoles, entre 1000 et 1030 la librairie américaine de l'avenue de l'Opéra, entre 1030 et 1045 la pharmacie de mon Ethiopienne rue de La Boétie... Et toujours à moins d'une minute de la zone d'échange, un repaire d'espions pour piller consciencieusement les secrets d'Abdelakrim Moussouf. Et toujours en moins de sept minutes. Chaque semaine s'épaississait davantage le mystère du jeune imam.

A 8 h 05, après qu'elle avait pris place sur la chaise du dentiste, ce dernier s'effaçait. Son premier rendez-vous et son assistante n'étaient attendus que pour 9 heures. J'avais donc une heure, chaque semaine, pour débriefer Yasmine. Comme elle demeurait toujours allongée sur le fauteuil, j'avais le sensation de jouer le rôle du psy. Par sécurité, je n'enregistrais jamais nos conversations. Je ne notais rien. Je la laissais se livrer.

Elle ne me parlait jamais de son appréhension, mais me délivrait toujours un compte rendu détaillé, très précis, scrupuleusement mémorisé. Adresses, numéros de téléphone, noms. Elle m'obligeait à réaliser chaque semaine un intense effort de concentration, mais ainsi allaient les choses entre nous : je devais m'adapter à ses talents. Après tout, elle n'était que l'élève, et j'étais dépassé par ses étonnantes capacités. Yasmine était le meilleur agent que j'avais jamais recruté. J'étais presque effrayé par son absence de doutes et sa faculté à merveilleusement compartimenter. Deux obstacles majeurs, pourtant, pour un agent infiltré.

A tous ces titres, Yasmine était le cauchemar d'Abdelakrim Moussouf. En fait, un nom d'emprunt. Fausse identité, fausse nationalité. Et tout nouvel élément sur l'imam clandestin sunnite d'Evry confirmait ma première intuition : Moussouf était une grosse prise. Un chef de réseau. Une pierre, parmi d'autres, d'un édifice qui, méthodiquement, s'élevait dans nos cités, ainsi qu'à Rome, Hambourg, Londres et Copenhague.

L'activité, prudente, mais sans relâche, de l'imam lui conférait une place de choix dans la hiérarchie de son réseau. Il recrutait, en fait, fort peu. Et les proies ne se connaissaient pas les unes les autres. Seuls travaillaient en équipe une douzaine de jeunes qui assuraient la protection de l'imam, et surveillaient ses agents. Un service de sécurité fidèle, efficace. En quelques semaines, nous avions pu établir une bonne photographie de l'environnement de Moussouf. En prolongement du travail quotidien de renseignement de Yasmine turbinait une chaîne d'investigation en étoile. L'action d'Emeraude mobilisait une centaine d'hommes du Service. L'effort en valait la peine.

A l'occasion de sa rencontre presque mensuelle avec son homologue de la DST, le Directeur lâchait toujours avec jubilation quelques informations triées, provenant de la source Emeraude. Jamais son interlocuteur n'était en mesure d'en apporter autant. Je craignais, du reste, que le ressentiment croissant de la Maison d'en face ne la conduise à tenter de découvrir Emeraude, et à la griller.

Les informations Emeraude, parfois classées Secret Défense, remontaient le plus haut possible. Je découvris un jour à Yasmine une photocopie d'une note adressée au Président de la République, et annotée par ce dernier en retour. En tête de page, d'une écriture un peu sèche, apparaissait une question : *Est-elle jolie ?*

Les yeux de Yasmine s'illuminèrent. Toute la satisfaction d'un agent à prendre la mesure de l'exploitation de sa production. Et toute la joie d'un chef à manipuler un tel joyau.

Cependant, malgré tout le talent d'Emeraude, et le meilleur profilage employé, Abdelakrim Moussouf demeurait un mystère inviolable. Et resterait notre seul échec.

Un jour, il disparut définitivement.

Mais chacun de ses disciples reçut, le lendemain de son départ, confiée de la main à la main par un coursier inconnu, une lettre de mission pour les trois années à venir.

Parce que, cette fois, le courrier lui était destiné, je laissai à Yasmine le soin de l'ouvrir elle-même sous la lumière crue de la rampe du bloc de chirurgie dentiste. C'était un texte assez court, calligraphié en arabe, bien sûr. En bas de page, un prénom à contacter, un numéro de portable.

Très excitée, elle me tendit l'unique page. Je lisais mal l'arabe. Elle résuma en trois phrases :

— Dieu me demande de servir les siens partout où ils souffrent. Il sera le Guide, je serai sa soumise, une combattante. Un fer de lance du Jihad.

Bon voyage, Yasmine.

IARO, International & Aid Relief Organization.
Siège : Médine, Arabie Saoudite. Bureaux de représentation à Dubaï, Sanaa, Djeddah, Riyad, Amman, Khartoum, Djakarta, Karachi, Islamabad, Kaboul, Bagdad, Téhéran, Dar es-Salaam, Moroni, Beyrouth, Tunis, Sarajevo, Londres.

Budget annuel de fonctionnement : deux milliards de dollars. Provenance des fonds : solidarité islamique internationale, grandes familles saoudiennes et yéménites, tycoons libanais, diaspora palestinienne.

Opérabilité décentralisée. Pas de chef identifié ; une trentaine de représentants tous issus du milieu des affaires : pétrole, banques, assurances.

Objet social de l'organisation : supporter humanitairement, partout dans le monde où c'est nécessaire, les musulmans opprimés.

De Gaza à Jolo, le travail ne manque pas.

Le contact de Yasmine fut établi à Tunis. Le jeune homme qui la reçut avait des consignes précises. Il n'était qu'un messager, le porte-paole d'un homme plus important, un homme de Dieu. Il lui remit une première fausse identité, avec laquelle elle s'en alla plus loin vers l'est, pour, au bout d'une route de poussière et de contrebande, aux confins du Pakistan, sur les épaules de montagnes afghanes, confirmer une éducation religieuse, auprès d'un imam sévère et paternel.

Elle demeura sept semaines dans une *madrasa* perdue, austère et lumineuse, à l'ombre de monts sacrés, au pied de passes légendaires, dans le soleil d'un si court automne sur les flancs des sommets du Nangarhar.

Yasmine n'apprit rien en zone tribale, sinon le silence du soir.

Quand parfois, dans la pureté d'horizons clairs, miroitaient au grand lointain les lumières de Peshawar.

Puis elle partit quarante jours dans un camp proche d'Al-Kuhldan, dans le pays de l'homme aux émeraudes. Parfois, là-bas, offerte aux seules étoiles, elle caressait sa gorge. Un joyau moudjahidin. Son seul apparat. Talisman, sauvegarde, promesse. Offert par un espion français.

Elle partageait un camp de toiles avec une trentaine de combattants pachtounes, cachemiris, algériens, ou saoudiens. Elle fit croire qu'elle maniait des armes et des explosifs pour la première fois. AK-47, Stingers, SAM-7, Scorpio, G-4, RPG-7, Semtex. Plus tard, les instruments de sa terreur.

Là-bas, où l'on ne murmurait même pas, au cours des dîners frugaux, pris en commun, après la prière, avec encore sur les mains la graisse luisante des armes, le nom du Prince. Ou celui du Directeur. Un nom qui, déjà, faisait trembler les *croisés*.

Là-bas, elle ne comprenait pas, les premiers jours, pourquoi ces hommes, ses frères moudjahidin, même au cœur d'exercices dangereux, à balles réelles, n'osaient pas la dévisager. Et lui parlaient avec déférence, formant autour d'elle un cercle protecteur et respectueux.

La nuit, lorsqu'on n'entendait plus que le seul vent frais parvenu du long voyage de l'Hindu Kuch siffler sur le camp drapé de gris et de kaki, ses doigts couraient sur la cicatrice à jamais inscrite. La marque des égorgeurs. Celle des Assassins qui, devant elle aujourd'hui, se prosternaient.

Le dernier soir, ils quittèrent le campement dans la précipitation. Juste avant la foudre du Grand Satan. Dans le pick-up qui, sans phares, fuyait une vallée ignorée, elle était couchée sous trois hommes. Leurs corps sacrifiés formaient un bouclier de sueur. Ils crevaient de trouille. Cette nuit-là, les montagnes pachtounes étaient traversées d'éclairs infidèles, qui frappaient là où les satellites du Pentagone avaient cru détecter le Mal. Sous les hommes résolus à mourir pour elle, alors seulement elle comprit.

A son retour à Tunis, le messager lui dit que l'homme de Dieu avait décidé qu'elle était prête. Et que, désormais, elle recevrait directement les fatwas. De sa propre voix, cette voix qu'elle connaissait déjà.

Depuis Tunis, sous de nouvelles identités, Yasmine servit d'agent de liaison entre IARO et les réseaux financiers européens et proche-orientaux de l'Organisation. Elle se familiarisa rapidement avec le système bancaire occulte qui oxygénait le *Jihad*, et, puisqu'elle était caméléon, elle sut, en peu de semaines, devenir une dirigeante d'ONG parfaitement rompue au maquis de la finance internationale. Elle transitait souvent par Dubaï et Riyad, organisait les virements, utilisait de fausses cartes de crédit fournies par ses frères algériens. Elle maniait parfaitement les finesses du *hawala*, le système informel musulman de transfert de fonds, et se fondait au mieux dans le labyrinthe qui brouillait les pistes, et démultipliait les efforts d'investigation pour l'ennemi. Yasmine découvrit aussi des chemins voilés en Indonésie, Ouzbékistan, Palestine. Elle dormit aussi, une nuit, dans un appartement, Marienstrasse, Hambourg, où une cellule active combattante proposait, déjà, au reste du monde, le pire.

Un jour, on la rappela à Tunis. Chaque jour qui passait rapprochait Yasmine de la tête de l'Organisation. Elle sentait toujours davantage cette main invisible qui semblait la guider, cette voix, en elle, présente et lointaine, une obsession, entre la nuit, sur Marienstrasse, et le jour, lumières du Maghreb, qui claquaient sur son *hijab* ivoire, ce foulard qui cachait aussi aux yeux des autres, et surtout à ceux de ses frères, la morsure de Londres, sa première cicatrice.

Le jeune homme de Tunis lui confia un nouveau prénom, un passeport libanais, un billet pour Beyrouth. Et comme elle foulait de tout nouveaux sentiers, et qu'il était enfin temps que nous parlions, elle sut m'envoyer en sécurité, par courrier électronique codé, les coordonnées du vol Tunis Air.

Je ne l'ai plus perdue de vue depuis son arrivée à Beyrouth et, ce jour d'avril, elle gagne sa résidence désormais officielle, sa base arrière, prise en charge par l'organisation, bercée de Méditerranée.

C'est une maison de pierres séculaires, que l'on peut rejoindre par une ruelle en cascade depuis le centre animé de Jbail, une voie étroite, aux senteurs de lauriers-roses, qui plonge vers la mer. Une maison fortifiée, aux ouvertures meurtrières, une façade ocre offerte aux vents, sur un jardin d'oliviers.

Elle a, auprès d'elle, deux femmes plus âgées pour la servir, et un secrétaire, un scribe discret qui administre ce bureau décentralisé d'IARO. Elle dispose d'un budget considérable pour voyager, recruter, agir. Six hommes du Hamas la couvent discrètement. Et un garde du corps yéménite, sélectionné par l'organisation, lui est personnellement affecté.

Leila El-Faraj est plus qu'un simple agent. Elle a été choisie.

Qu'es-tu donc devenue, à la faveur de quel émir, ma fleur de Tanger, ma petite pute du Plaza, dans le tourbillon des jours troublés ?

La maison est presque voisine de la petite mosquée chiite, à deux pas de l'église romane Saint-Jean-des-Croisés. L'imam et le prêtre sont des amis d'enfance. Ils ont grandi dans le Liban d'hier, où la tolérance était la règle. Je retrouve, entre les bancs de la maison de Dieu, la quiétude éternelle de la pierre et de l'encens. Je suis heureux.

Yasmine réside à Jbail depuis maintenant dix jours. Les jours s'allongent. Elle a fixé l'heure de notre premier rendez-vous. Je ne l'ai pas revue depuis sept mois. Elle a voyagé tout au bout du mal, elle est devenue une femme crainte, qui décide, et que l'on protège par-dessus tout.

Mais je sais, Yasmine, que je ne t'ai pas perdue.

Tu es là, à quelques mètres, sous le regard noir d'Abou, l'homme qui porte toujours un long poignard, qui consacrera maintenant sa vie, et donnera sa mort, pour toi.

Tu attends l'heure de notre rendez-vous.

18.

Dans les souterrains de Dieu et du Diable.

L'équipe du Service Action, une dizaine d'éléments, disposés depuis dix jours à Jbail, et autour des planques de Yasmine à Beyrouth, ne m'avait pas fourni de solution idéale pour la rencontrer en toute sécurité.

J'ai failli renoncer à notre contact. Elle était maintenant trop exposée. Nous choisirions un autre pays, une autre ville. Et même si, dans nos conversations sur une messagerie de dialogues sur le NET – dans lesquels nous apparaissions toujours sous de nouveaux pseudos –, ses appels étaient pressants, je ne voulais pas céder à une précipitation périlleuse.

Yasmine avait réussi en quelques mois à parvenir à un niveau d'infiltration de réseaux que je n'aurais pas espéré sur trois années. Nous devions parler. Pour établir de nouvelles procédures de communication, et orienter son action au cœur de l'organisation. Mais malgré mon désir de la retrouver, de pouvoir peut-être la prendre tout contre moi, mon impatience de l'entendre me dire ce qu'encore j'ignorais, je combattais mon impatience d'officier traitant pour garantir la sécurité de mon agent.

Un matin, durant l'appel de la première prière qui résonnait dans tous les haut-parleurs d'un littoral bleuté, un lendemain de tempête soudaine, j'ai pris le chemin de Saint-Jean-des-Croisés. J'ai emprunté le chemin côtier, longé le dos de la mosquée vers où convergeaient les croyants, et gravi les hautes marches qui montaient vers l'église, fermée à cette heure. Je me suis rendu au presbytère, où je suis tombé, ô miracle, sur une sœur française, charmante et bavarde, qui m'a conduit jusqu'à l'abbé.

C'était un homme âgé, courbé par les années incertaines. Je me suis renseigné, à tout hasard, au sujet des maisons du bord de mer. Je lui ai parlé de la maison médiévale, fortifiée, si proche, et si mystérieuse, qui interpellait l'historien que j'étais censé être. Il m'a dit ne rien connaître de ses nouveaux voisins discrets, et que, pour la visiter, il ne pouvait rien faire pour moi. Cette maison avait été bâtie par un seigneur croisé inconnu, quand Byblos accueillait les navires envahisseurs de la Chrétienté. C'est alors que, malicieux, ses rides s'animèrent un peu plus. Il m'avoua un secret, comme la confidence inversée d'une confession. Il m'entraîna vers l'église, nous empruntâmes la petite porte qui donnait sur un jardin fleuri par le printemps installé, puis un escalier en colimaçon, en haut duquel le prêtre se munit d'une lampe-torche qui pendait d'ordinaire à un long clou. Dans le faisceau de la torche, après quelques marches taillées dans un escalier large pour un seul homme dans le besoin, apparut une crypte où l'on ne pouvait accéder qu'à genoux. Sur les murs dansaient les visages de la Vierge et de tous les saints, en des gravures illuminées d'or et d'argent, un trésor. Et avant de poser sa main aux veines saillantes sur une croix de bois, à l'épicentre de la crypte, le prêtre se retourna vers moi, la lumière de la torche sur nos genoux presque embrassés.

– Je ne sais pas pourquoi... s'avança-t-il, dans un français aux accents d'Orient.

J'ai pris sa main un peu tremblante. Il avait peur. Pourquoi donc se livrait-il à l'inconnu ? A l'homme de France qui passait ? Un murmure dans une crypte romane.

– ... je vais vous montrer quelque chose que bien peu de gens connaissent.

Je lui ai étreint la main un peu plus, comme pour lui donner le courage nécessaire. Il a d'abord posé l'index sur ses lèvres crevassées, puis ses doigts sur la croix, une simple croix en bois verni d'olivier, torturée. Juste une clef, vers ailleurs.

Un déclic, une paroi qui pivote, sous la légère pression d'une main si frêle. Un courant d'air.

Les ténèbres.

Byblos, Jbail, Jbael, est l'une des plus anciennes villes de l'humanité. Port phénicien, égyptien, romain, croisé. Les civilisations et les ruines se superposent dans l'éclat et les colères de la Méditerranée. Personne ne savait de quand datait exactement l'origine de ce souterrain, coursive entre les reins de l'Histoire, boyau indécis au sol de poussière, à la voûte encore noircie par le passage de torches clandestines, qui relie la basilique fortifiée de Saint-Jean aux demeures croisées, et souvent à leurs ruines, sur un périmètre assez vaste. En fait, un labyrinthe.

Le soir même, le prêtre m'a laissé descendre seul dans la crypte. J'ai actionné la croix d'olivier. D'abord accroupi, je me suis glissé dans la mémoire enterrée. A quatre reprises depuis la crypte, une fourche présentait deux voies. Je me suis fourvoyé trois fois, échouant toujours sur un mur inflexible ou un éboulement. Enfin, après avoir rampé sur une dizaine de mètres, j'ai débouché sous une voûte plus vaste. Le prêtre m'avait indiqué : à hauteur de ceinture, là où de l'air circulait. Juste une cavité où passer une main égratignée par la pierre éternelle. L'anneau était sur le mur opposé. Avec un poignet assez souple, on pouvait l'attirer vers l'excavation. Le pan de mur, deux mètres plus à gauche, ne coulissait qu'une seule fois, perçu le double déclic.

Une fantastique catacombe. Un ossuaire presque joyeux. Les caves de la maison de Yasmine. Le miracle, l'effroi. Un don de Dieu. Ou peut-être du Diable.

Trois nuits plus tard. La fin du soir est tiède.

Assise sur le rebord d'une fenêtre, sous un arc en ogive, elle porte un pantalon de toile, celui qu'elle n'a pas quitté dans les montagnes pachtounes où jamais ne chantait la mer sous la lune, pleine et orgueilleuse. Là-bas, le dernier son avant celui du hurlement du vent était la plainte de Radio-Charia, que chacun écoutait, hébété par les efforts, et parfois la peur, en économisant les fruits secs du repas. Quelques mois déjà.

Yasmine finit sa cigarette turque. Elle vérifie l'heure. Elle reprend le calcul mental effectué plus tôt dans le cybercafé de Jounieh. C'est maintenant, dans six minutes. Elle tend l'oreille. Des pas au-dessus d'elle, sur le chemin de garde qui ceinture la partie occidentale haute de la maison. Le pas assez léger d'un homme pourtant corpulent. Abou, son ange yéménite, descendant d'esclaves numides, son ombre, et son serviteur, veille toujours. Elle tend le cou vers le vide, et lance ses yeux noirs vers le ciel, pour quérir le regard penché vers elle de son garde du corps. Il est torse nu. Son corps saillant, noir et or, domine la muraille.

– Je dois implorer le Créateur. Va dormir. Demain, nous voyageons.

Le ton est sec. C'est un ordre. Puisqu'elle commande.

Sans une parole, Abou se retire. Disparaît.

Elle traverse une vaste chambre, monacale, où un ordinateur portable sur une table basse rappelle seulement la fin d'un siècle impie. Elle ouvre délicatement une porte. Le patio est empli d'un parfum tendre, un printemps où la menthe fait l'amour au figuier. Elle dévale, sans un bruit, sans précipitation, juste une foulée coulée, deux étages. Parvenue dans le jardinet, elle emprunte l'escalier pentu, qui, derrière le puits asséché, conduit aux sous-sols.

Les caves. Trois pièces aménagées. Récemment repeintes dans un vert pastel. Un espace radio qui ronronne. Une salle de prière. Une salle de gymnastique. Enfin, le minimum : un cheval d'arçon, un espalier mural, une demi-douzaine de poids et d'haltères. Au-delà de la salle de gymnastique, un mur abattu ouvert sur un réduit sans lumière, juste un amas de gravats. Mais il faut entrer dans l'ombre, tâtonner jusqu'à la dizaine de marches étroites qui plongent vers un corridor assez court, le royaume de scor-

pions aveugles, qui dardent sous les pierres d'entre les siè-
cles, murailles clandestines, mémoire enfouie.

Elle a déjà effectué la reconnaissance à trois reprises. Elle
saisit la longue et fine torche glissée à l'arrière de sa ceinture, sous sa chemise en jean. Un faisceau livide sur les
ossements. Orbites et cavités. Crânes et mâchoires. Bienvenue, la mort.

Une main se plaque sur sa bouche. Un homme contre
elle. Comme dans la maison de Manor House.

– *Salaam, ma belle.*

Elle respire tout à coup plus vite. Son doigt glisse sur
l'interrupteur de la torche. Elle préfère l'ombre. L'homme
relâche toute pression, mais elle demeure ainsi, collée
contre son torse, avec le seul souffle de l'espion sur son
épaule.

Elle croit qu'il lui caresse la base de la nuque, peut-être
le rêve-t-elle.

Nos confidences seront, cette nuit, un très long murmure.

Juste un murmure.

Bon voyage, Yasmine.

19.

Novembre 1999, aux environs de Pristina,
capitale provisoire de la province autonome du Kosovo.

C'était sur la route de Janjevo. La périphérie toute rurale de Pristina, juste après le croisement où un missile de l'US Air Force avait confondu un convoi de réfugiés avec une colonne de blindés serbes. Là où, pour toujours, des hommes et des femmes anonymes déposeraient, en toute saison, en silence, des fleurs de désolation. Le véhicule tout-terrain P4 s'engageait sur le chemin de la ferme. Comme il avait beaucoup plu, la voiture blindée zigzaguait entre les ornières noyées.

Le terre-plein de la longue ferme basse, qui ressemblait à un bâtiment du Massif central, était plus sec. Un homme, armé d'un pistolet-mitrailleur HK-MP5, descendit en premier. Il était muni d'une oreillette et d'un casque-micro intégré sur le béret bleu. Il prit moins d'une minute pour évaluer la situation, pendant que se faufilaient par la porte arrière deux autres paras-commandos. Le premier se posta à l'entrée de la cour, le second disparut par la porte d'entrée de la ferme.

Seulement quand tout fut sous contrôle, l'homme demeuré auprès du véhicule ouvrit la portière passager, sans jamais quitter du regard l'environnement le plus large de son champ de vision. Engoncé par le gilet pare-balles en kevlar sous son grand manteau noir, un jeune sexagénaire, de taille moyenne, l'allure sportive, le visage émacié, sortit lentement de la voiture, précédé par son officier de sécurité personnel, un gendarme français de l'escadron parachutiste d'intervention, spécialement détaché à la sécurité du Représentant Spécial du Secrétaire général des Nations unies.

C'était un jeune adjudant, rompu à bien des choses, qui avait eu son baptême du feu, quatre ans plus tôt, sur l'aéroport de Marseille-Marignane. Face à son groupe d'intervention, des tueurs du GIA. Un moyen-courrier d'Air France détourné à Alger. La fusillade avait duré quelques minutes. Il était demeuré en protection au pied des toboggans d'où jaillissaient les otages, mais il avait eu le temps d'avoir suffisamment peur pour espérer que jamais cela ne recommence.

Il n'appréciait guère quand son patron se montrait insouciant, imprudent. Les deux camps n'étaient jamais satisfaits. Il avait déjà intercepté bien des crachats, bien des pierres, mais il y avait encore trop d'armes dans le pays. Et beaucoup trop d'assassins pour faire la peau à son patron, avec l'espoir, à nouveau, de tout ensanglanter.

Mais quand il s'agissait de retrouver sa jeune maîtresse, le Représentant Spécial perdait la notion de la sécurité. De la neutralité aussi. Puisqu'elle était musulmane.

Française, mais musulmane. Infirmière dans une ONG islamiste. Elle distribuait des médicaments de première nécessité. Dès les prémices de la liaison, quelques semaines plus tôt, le gendarme avait informé, et cela sortait du cadre officiel de sa mission, un médecin militaire marsouin, un confident discret signalé par la hiérarchie. L'adjudant n'avait pas eu de retour d'information. Il n'en aurait jamais.

Elle arrivait toujours avant eux. Elle ne se montrait jamais. Mais l'adjudant avait eu souvent l'occasion de l'apercevoir, à d'autres moments, quand elle réceptionnait, à l'entrée ouest de la ville, les convois humanitaires en provenance de Tirana.

Il accompagna son patron jusqu'à la porte de la maison, faisant, avec son dos large, écran aux collines, et peut-être à un tireur embusqué. Mais il faisait confiance à la rigueur des paras-commandos britanniques de l'escorte. Des dogues.

Le Représentant Spécial était à l'abri. Au jardin d'Eden. Le gendarme-parachutiste se pencha sur le micro agrafé à sa veste de treillis :

— *Jogger on the bridge.*

Elle lui avait préparé du café. Elle avait, comme toujours, alimenté le feu, avec des bûches assez sèches pour claquer dès la première morsure des flammes.

Son amant avait soixante ans, mais son corps, régulièrement endurci par des courses matinales, demeurait attrayant. Il venait ici deux ou trois fois par semaine, pour oublier la menace permanente, l'hostilité des ennemis, mais surtout la déception des promesses non tenues par New York. Au Kosovo, comme ailleurs, la politique des Nations unies était avant tout affaire de communication.

Il n'était qu'un chien dans un jeu de quilles.

Elle était déjà déshabillée, ses petits seins tendus, qu'elle se plaisait à caresser après, pour prolonger, dans la douceur, en elle, tout le plaisir qu'il lui donnait.

Mais il ne venait toujours pas. Il aimait, d'ordinaire, se coller à elle, debout, et commencer à lui caresser son vagin. D'abord le bas du ventre, puis les doigts glissaient vers les lèvres un peu charnues, et, avant de la prendre, flirtaient avec l'annonce de l'anus.

Elle adorait ça, elle s'avança vers lui, le ventre un peu bombé. *Viens.*

Mais il restait silencieux, dans son costume un peu fripé. Il la dévisageait. Ses yeux clairs étaient délavés par le stress. Ce jour, il accusait les années de trop. Il reprit son souffle :

– Yasmine... il n'est plus possible de continuer ainsi... Nous n'avons pas le choix... Je suis trop exposé ici... Tôt ou tard, le service de sécurité des Nations unies alertera le Secrétaire général sur notre histoire... Je suis, dans ce coin du monde, l'homme le plus surveillé. Nous compromettons ma mission, et notre sécurité à tous les deux...

Il leva la main, avant de poursuivre :

– C'est fini. C'est sans appel.

Elle avait détourné les yeux. Et il n'avait jamais encore remarqué, jusqu'alors, combien ils étaient sombres. Un puits. Passions contraires.

135

Il se leva. Elle sentit qu'il ne voulait pas qu'elle vienne contre lui. Il fixa un dernier instant ce bijou étrange, cette pierre qui ressemblait à celles qu'il connaissait, quand il sillonnait, vingt ans plus tôt, les montagnes afghanes.

— Tu m'as rendu heureux, Yasmine. Mais ne nous revoyons pas.

Jogger out.

Les portières claquent. Son bel amant du Kosovo s'en va, sa seule raison d'agir ici. Un éclat de boue, la voiture disparaît derrière le dernier rideau de chênes. Elle ferme les volets de la pièce. Elle a besoin de se calfeutrer auprès de l'âtre, et, avec ses seuls doigts, de remplacer la main de l'homme qu'elle espionnait.

Elle frissonne. Les frères vont la rappeler. Ici, elle se sentait doublement utile. Les camions de Tirana apportaient du bien-être, de l'espoir. Elle était la petite fiancée de toute l'UCK et renversait les cœurs du contingent français. Avec son seul sourire, elle obtenait tout ce dont elle avait besoin. Et avec le reste, au meilleur niveau, elle était la femme la mieux renseignée du Kosovo. Son amant la quittait, mais ce n'était pas un échec. Les frères étaient rarement élogieux, mais elle savait qu'elle leur avait apporté la meilleure des productions. De l'or. Elle était à présent pleinement des leurs. Un point de non-retour. Elle rentrerait dès qu'ils le suggéreraient. Les nouvelles transitaient par un chauffeur du convoi. Elle irait là où ils voudraient.

Elle s'enroule dans une couverture de mohair. La grande bûche, vierge tout à l'heure, frémissante ensuite, est à présent rougeoyante sous ses flancs. Le feu couve partout, là où les soldats de Dieu résistent.

Le jour tombe, dernier appel, au loin, minarets d'entre les montagnes martyres, à la prière.

Ici, et ailleurs, celle des combattants.

20.

*Un mois plus tard, 24 décembre 1999, au soir,
la première tempête hurle sur la France.*

Hier soir encore j'étais avec elle. Pour la première fois
depuis les catacombes de Byblos. Je n'aurais jamais dû la
suivre à Roissy. Jamais. Ce regard vers moi, quand elle s'en
est allée, ces deux yeux noirs sont restés.

Il est maintenant tard. Paris est frappé par les vents.
Boulevard Mortier, où j'ai été convoqué d'urgence par le
Directeur, les grandes antennes de la Centrale dansent la
samba. Depuis la fenêtre de l'étage de la Direction générale,
j'observe les panneaux du chantier qui longent une
enceinte de la Boutique, s'envoler vers la porte des Lilas.
Le siège des services secrets français est éventré par la tor-
nade.
    Hier encore, à cette heure, j'étais avec Yasmine. Elle avait
décidé d'une escale à Paris pour visiter sa mère hospitalisée

à la Pitié. Elle avait débarqué la veille de Tunis. Etait retournée dormir au domicile familial à Corbeil. Le lendemain matin, avant sa visite à Meryem, sa maman touchée par un mal très banal et très cruel, elle avait profité de la proximité du cabinet dentaire de la rue Buffon pour un examen de contrôle, au cours duquel nous sommes convenus du rendez-vous du soir. J'étais impatient d'entendre sa voix si chaude, si sereine, me conter l'épisode du Kosovo.

Nous avons rivalisé d'imagination, dans Paris, où se sont simultanément évanouis un homme, une femme. J'avais installé la planque dans un loft vide, proche du métro Arts-et-Métiers. J'étais habillé comme pour une reine. J'ai fait la cuisine. Foie gras, poularde aux truffes, pour se souvenir d'un dîner à Saint-Père-sous-Vézelay. J'avais raison, Yasmine était une reine. Les périples dans les arcanes de l'Organisation avaient métamorphosé mon petit soldat. Comme hier, à Jacques-Prévert, comme sur les notes confidentielles de Sylvie, elle était toujours une fille solitaire, mais plus respectée encore. Ou plutôt étais-tu devenue, simplement, depuis une saison si sombre, lorsque nous nous étions seulement croisés, une femme.

Elle m'a parlé de sa mère. Des journées de Meryem à la caisse du Carrefour d'Evry. Avec six enfants, cinq garçons, et une fleur des Tarterêts, élevés durement. Elle n'a pas bu de chambolle-musigny 89. Elle respectait maintenant, strictement, les préceptes du Livre.

Puis elle m'a conté son long voyage.

Je ne peux cesser de penser à elle, même pendant la réunion avec le DG, le directeur des Opérations, et le chef du Service Action. La Côte-d'Ivoire s'est donnée aux mutins.

Un 24 décembre, beaucoup d'officiers supérieurs sont en permission. Le temps de rappeler tout ce petit monde, Abidjan sera à feu et à sang. On me colle ipso facto le commandement d'un groupe action. Sur la base aérienne d'Evreux, résonnent déjà sous les hangars du GAM les réacteurs d'un Mystère 50. Pour, dès demain, à l'aube, sous un masque léopard,

bonjour, l'Afrique.

Même heure, le lendemain, mais beaucoup plus au sud,
Sous une latitude où décembre est une étuve,
Sauf à cette heure pénétrée d'une brise de mer qui caresse la
lagune.

Parfois la nuit s'obscurcit sous les nuées de chauves-souris qui vont et viennent.

Sur l'embarcadère de la résidence de l'ambassadeur de France en Côte-d'Ivoire se déroule une scène presque cocasse, sinon étrange. Des hommes du commandement des Opérations spéciales, chasseurs alpins et marsouins, trient leurs visiteurs du soir en plusieurs groupes pour accéder aux dinghys.

Toute la cour d'un chef africain déchu est là. La famille est très élargie. Un officier français explique une ultime fois, sur un ton encore mesuré, qu'il faudra procéder à des sacrifices, et que, non, il n'est pas possible d'embarquer ces malles démesurées, griffées de deux lettres, sur les Zodiac.

De temps à autre les visages se crispent, quand sur le Plateau, en face, le centre-ville résonne encore de détonations résiduelles, dont l'écho crépite sur les façades fatiguées des buildings d'Abidjan. Derniers éclats d'un coup d'Etat expéditif.

Une certaine confusion suit les dernières recommandations de l'officier. Un général ivoirien qui bat en retraite tente de faire valoir son grade sur le jeune capitaine marsouin. C'est peine perdue, d'autant que, en provenance de la résidence, un petit groupe, précédé et talonné d'une escorte de commandos français, s'approche maintenant : le Président et la Présidente, qui ne le sont déjà plus, cornaqués par l'ambassadeur de France, qui cache tant bien que mal son empressement à embarquer sur sa navette personnelle les futurs exilés.

Direction la rive opposée, Port-Bouët, et les casernements du 43e bataillon d'infanterie de marine. Le seul refuge vraiment sûr cette nuit, avant une exfiltration aérienne vers un pays voisin. Le passage silencieux des puissants, têtes hautes, provoque dans un premier temps une catalepsie respectueuse, puis un appel d'air naturel, dans le sillage de l'ambassadeur et de ses « invités » qui ont gagné le hors-bord.

Le capitaine aboie. Il n'a pas besoin. Les hommes du commando français, silencieux, rapides, dissuasifs, ont coupé le chemin aux impétrants. Aucun signe distinctif, badge ou grade, ne couvre leurs simples tenues de combat. En revanche, leur armement léger ne fait aucun doute sur la capacité de leurs servants.

Une demi-douzaine.

Forces spéciales.

L'un d'entre eux se tourne vers la lagune, et s'assure que le sillage du hors-bord s'éloigne régulièrement. Il fait un signe de tête au capitaine. C'est l'heure d'embarquer la suite présidentielle, cousins, ayants droit, uniformes chamarrés, ministres décravatés, valets et courtisanes. Un jeune chasseur alpin, sous sa tarte un peu exotique dans la moiteur ivoirienne, bade les jambes très longues d'une fille de la nuit africaine. Puis tout ce caravansérail finit par s'en aller. C'est *la fuite à Varennes*, version baoulée. Les valets sont restés. Les maîtres sont ingrats.

Sur les dinghys, qui fendent la lagune, luit l'embout des fusils d'assaut Famas. Les valets sont restés. Les hommes du commando mystère aussi. Avec d'autres camarades, ils assurent pour quelques heures la protection de la résidence de l'ambassadeur de France. A la cacophonie d'un départ honteux, bordélique, succède le chant de tout un monde qui danse, chasse et pêche. La lagune copule avec la pénombre.

Les hommes du Service Action se dévisagent : la farce s'achève. Leur chef est un homme élancé, sec, la quarantaine entamée, tempes blanchies. Dans son regard bleu, se lit la déception d'une mission merdique, au service d'un roi fainéant qui se carapate. Mais le Service ne se discute pas. Dans la déchéance aussi, la protection de la France est généreuse. Le chef lève les yeux vers la lune qui joue avec la brume. Les grandes anémones sont agitées par un ressac d'exil.

Combien de temps serons-nous là encore ?

Il pense aux générations de camarades qui ont couru le continent.

La nuit ivoirienne est peuplée de fantômes, d'illusions. Et, pour se rapprocher d'elle, le regard dans le ciel, le chef du commando épelle, juste un murmure, les chapelets d'étoiles qui relient la grande lagune à ailleurs, là où elle poursuit sa mission.

C'est assez loin, beaucoup trop loin. Comme ce soir, à peine, avant-hier. Si belle. Quand elle m'a conté son long voyage.

Elle a vu des déserts, des cavernes prolifiques, des neiges éternelles, et des hommes obscurs, dans le secret de médinas nocturnes, qui préparaient le pire. Le long récit de Yasmine traversait l'épicentre de la colère musulmane. Je l'ai questionnée, mais elle ne m'a plus jamais parlé de l'imam.

Peu importait.

Que tu étais belle, ce soir, avec sur ta gorge une émeraude, ma Sultane.

21.

Comme si le vent revenait, Irlande, 25 octobre 2002.

Ces deux yeux noirs.
Je me souviens du jour où l'on m'a porté le télégramme diplomatique. Origine : notre ambassade de Moscou. Il était daté du 2 janvier 2000. Deux semaines après l'entrée clandestine de Yasmine en Tchétchénie, via les camps de réfugiés d'Ossétie du Nord. D'ordinaire, je ne sais pourquoi, j'apprécie le contact du papier bible, et la couleur jaune pâle des TD. Les notes sont souvent sèches, factuelles.

Moscou, 02/01/2000.
Le Haut Commandement des forces russes à Groznyï annonce, à la suite d'une embuscade contre un convoi de ravitaillement sur la route de Chatoï, une opération de représailles massives sur les villages aux alentours, contre les éléments terroristes. On dénombre, selon chiffres non recoupés (source : Croissant-Rouge international), deux cents à trois cents victimes parmi la population, dont une centaine de

combattants rebelles wahhabites. Nous avons été saisis par les ministères de l'Intérieur et des Affaires étrangères de la présence du cadavre d'une ressortissante française, comptabilisée parmi les pertes terroristes. Un passeport français aurait été retrouvé auprès d'elle. D'après les premiers renseignements autorisés, elle aurait été volontaire dans une ONG active auprès de l'opposition. Les autorités diplomatiques et militaires nous demandent assistance et collaboration pour investigation commune. Son identité est :

Leila Najri
née le 23 juillet 1975, à Montreuil (Val-de-Marne)
résidant au 12, rue de la Providence, 75019 Paris
date de délivrance du passeport : 21 novembre 1999 (Préfecture de Police de Paris 19ᵉ)
date d'expiration du passeport : 21 novembre 2009
Sexe / F
Taille / 1m72
Couleur des yeux / Noir

En remontant de la salle du Chiffre, je me suis rendu directement au parking. J'ai enfilé ma combinaison de route, coiffé mon casque. J'ai mis le contact de la Suzuki 1000. J'ai franchi lentement le portail de la Centrale.

J'ai glissé, porte des Lilas, sur le périphérique. J'ai roulé. Plein sud. Jusqu'à la silhouette d'une basilique, sur une colline sacrée, en Bourgogne. Et puis, je ne sais combien de temps, j'ai prié.

On ramenait à cette heure, en Antonov 72, le corps carbonisé d'une jeune Française pour identification vers Moscou. La quête de la vérité s'achèverait au 12, rue de la Providence, où Leila Najri n'a jamais résidé. Et la DST offrirait un rapport confus au FSB.

Le 10 janvier, je me suis rendu à Groznyï, sous la couverture d'un photographe-reporter, pour enquêter. J'ai découvert, durant onze jours, l'humanité sans espoir. Et nul témoignage sur les dernières heures de Leila Najri.

A mon retour, je ne suis pas rentré à la Boîte. J'ai écrit une lettre assez brève. Que j'ai déposée en coup de vent au poste de garde.

J'avais perdu le meilleur de mes agents. Emeraude, celui qui, peut-être un jour, aurait pu dérégler l'horloge des grands périls.

La dernière grande mission.

Et plus encore, une part de moi-même, sur un chemin de cendres en pays ingouche, au pied des neiges bouleversées du Caucase.

Je n'ai pas voulu voir les photographies du FSB. Je sais trop bien ce qu'est un corps carbonisé par ces saloperies. FAE, Fuel Air Explosive. Larguées par Sukhoï 27. Nulle chance pour l'ennemi.

La dernière grande mission a cessé dans le souffle soudain d'un gaz incendiaire. Mon meilleur agent, mon ombre dans le pas des émirs, mes yeux dans ceux des assassins. Et beaucoup plus encore. Yasmine est morte en République de Tchétchénie, le premier jour de la dernière année du siècle.

Vingt et un jours plus tard, définitivement, j'ai quitté le Service.

Et ce soir, dans la nuit d'Irlande, à l'heure où la lune est bousculée par tant de fureur et d'océan mêlés, j'appuie sur la touche Pause du magnétoscope.

Elle se tient si droite, sa foi criée sur un foulard sombre, ce pistolet chromé contre sa poitrine, à ses hanches une ceinture, peut-être, de Semtex.

Ce grand voile, l'*abaya*, masque son visage aux yeux du monde. Une terroriste.

Moscou, un théâtre d'ombres, de pleurs, et de dangers, déjà infiltré de tueurs sans pardon.

Mon Dieu, ces yeux noirs, je ne peux pas me tromper. Aéroport Charles-de-Gaulle. Quand, vers moi, tu t'es retournée : sérénité et terreur. Cauchemar.

Pourquoi donc, avec le retour des grands vents du presque hiver, reviens-tu, Yasmine ?

Ces yeux noirs, c'est toi.

LIVRE II

Prophète, exhorte les croyants à la guerre. S'il en est parmi vous seulement vingt à être patients, ils en vaincront deux cents ; s'il en est cent, ils vaincront mille infidèles, car c'est un peuple incapable de sûre connaissance.

Le Coran,
Sourate VIII, Verset 65.

1.

25 octobre 2002, dans une région dangereuse,
aux mains de guerriers irrédentistes, Somalie.

Nuit magique tout au bout de la corne de l'Afrique.

C'est en Somalie, dit-on, que l'on trouve les plus belles femmes au monde.

Et plus encore ici, dans les provinces du Nord-Est, région de Midjertine, là où le continent accompagne le golfe d'Aden vers l'océan Indien. A la croisée des civilisations, se sont mêlés des femmes et des hommes, pour dessiner des peuples métissés de toutes les beautés d'Asie, d'Afrique et d'Arabie.

Les femmes ont l'indolence provocante des courtisanes des Indes, les mains si longues, le toucher doux et brûlant des filles peules, le regard, l'abandon au voyage des femmes arabes.

Ce sont des Somalies, vouées depuis la nuit des temps aux razzias des pirates yéménites ou omanais. Ce sont, pour toujours, des soumises.

Depuis les podiums des défilés à New York, Paris ou Milan, dans les bordels d'Addis et de Djibouti, jusqu'aux sérails de Riyad, femmes de harems, femmes-objets, parfaites et lumineuses, pleurs et sourires dans le reflet argent des cimeterres de leurs ravisseurs. Dans les yeux des hommes, pour toujours. Des esclaves.

Un scarabée volant, lourd, mais assez silencieux, remonte le *wadi* asséché. Il vole très bas, tout au fond de la vallée du Dorar. Silence absolu à bord.

Le MH/60 Black Hawk traque une proie.

Alerté par le Special Operations Command, trois heures auparavant, l'appareil a décollé de Djibouti, pour plonger sur les montagnes côtières de la Midjertine. Une interception NSA d'un appel satellitaire. Reconnaissance électronique de signature vocale.

Proie prioritaire.

Plus haut dans le ciel se relaient six F-18 catapultés depuis l'*USS George Washington*, où ont été appontés, pour une élimination en terrain hostile, un couple de drones RQ-1 Predator, avec leurs missiles Hellfire armés.

Dans le Black Hawk, silencieux, masques infrarouges sur des yeux assassins, dix hommes prêts.

Ce sont des tueurs occidentaux. 8th Seal Team.

La nuit, sur la corne de l'Afrique, si douce, si claire, allongée sous un plafond de joyaux chamarrés, étoiles d'Aden, souffle de mer Rouge, le chuchotement de rotors puissants, plateaux et montagnes de pirates éternels.

Les mitrailleuses rotatives Gau-17 tournoient en vain, vers une cible volatilisée. A tout moment, la chaleur d'un moteur, un véhicule en marche, le mouvement de troupes hostiles peuvent déclencher l'acquisition électronique des systèmes de visée et de tir de l'hélicoptère des forces spéciales.

Mais les montagnes de Midjertine ont escamoté le Prince.

Le Black Hawk approche lentement un lieu appelé Iredane, une oasis dans la pénombre, alors que, soudain, la zone est balayée par la couverture de surveillance globale, au cœur des étoiles d'Afrique et d'Arabie, de deux satellites espions. Des yeux dans la voûte céleste. Les yeux du Grand Satan.

L'hélicoptère vire au nord. Dans deux minutes, il ne sera presque plus à la portée du missile Stinger, dont le tube lance-engins est armé, avec deux servants très concentrés. Un tir pourtant facile. Aux seuls ordres de leur maître. Aux yeux de braise qui dominent Iredane, toute une vallée hostile aux infidèles. Une vallée perdue.

Bientôt, on ne devinera plus le lent et lourd ballet des pales, leur lointain reflet, dans la lune opale.

Maintenant, le silence.

Sous la toile de camouflage, poussière et roc, les deux moudjahidin reprennent leur souffle. Dans leur radio, ils transmettent l'information directement à l'émir général. Derrière le promontoire fortifié qui abrite le missile anti-aérien et ses servants, se découvrent l'une après l'autre des ombres fugitives, qui se déploient en silence.

Ici, la montagne s'avance en un plateau tourmenté vers un à-pic qui surplombe le *wadi*.

A l'origine de l'humanité, on a creusé là de grandes

excavations dans le granit. Aujourd'hui encore, des hommes y trouvent refuge.

L'une des grottes est particulièrement peu exposée au monde extérieur. Elle a été façonnée par un oued sauvage qui, trois fois l'an, dévale des hauteurs, un royaume de bergers. La cavité dispose d'un nombre conséquent d'issues. Son entrée principale est masquée par une forêt d'acacias providentiels.

A première vue, on la croirait inhabitée. Pourtant, en se rapprochant, on ressent la menace. La montagne, autour, est occupée par des hommes-caméléons. Eléments d'élite de la brigade 055, ils veillent sur leur Maître. Qui, à son habitude, se déplace et travaille seulement la nuit, désormais son domaine.

Ce jour, les femmes sont arrivées en petits groupes. Une vingtaine peut-être. Encadrées d'hommes armés et vigilants, elles ont pénétré dans la grotte avec plus que de la peur dans le ventre. Seuls leurs yeux affolés perçaient sous des voiles aux couleurs ternes. Au bout de la méharée, qui longeait des crêtes cinglées de zéphyrs, avec dans leurs yeux des horizons turquoise, était cette cavité, comme le ventre de Dieu. Ou celui du Démon.

Il choisit ce soir les femmes qui, maintenant, l'accompagneront dans sa fuite éternelle. Assises à même la pierre de la caverne, elles ne se lèvent que lorsqu'on le leur ordonne. Elles ont conservé leurs voiles. Elles n'ont pas le droit de parler. Au risque du pire. L'une d'elles est appelée. Elle est comme étourdie, mais se redresse fièrement. Comme les femmes qui l'ont précédée, sans précipitation, elle se dirige lentement vers le fond de l'excavation, là où la rougeur d'un feu lèche la voûte.

Elle se rapproche de l'endroit inondé par la lumière du feu qui crépite derrière la grande toile, d'où elle n'aperçoit que des silhouettes en contre-jour. Mais elle doit conserver le regard vers le sol en terre battue. Des mains tombent sur ses épaules, sur sa taille. Le voile glisse le long de ses jambes.

Elle est nue.

Toute la grâce de cette partie du monde. Hanches creusées dans le désir, un ventre, ou une provocation, le prolongement d'une vie d'esclave dans les épaules, les bras, et les mains étirées vers d'irrésistibles promesses. Les seins sont hauts, poires fermes et ambrées. Le cou n'en finit pas de porter un visage fier, où se partagent l'ombre et les lumières de l'Afrique et l'Orient accouplés.

– Seigneur, peut-on résister à pareille femme ? a murmuré pour elle-même la silhouette assise derrière la toile, une voix très monotone.

Tout à coup, il frappe sèchement dans ses mains. Elle a peur de s'évanouir. On lui ferme un collier d'or autour du cou.

A cet instant, elle lui appartient. A ce maître inconnu, qui ne dévoile pas au monde son visage. Elle est pleinement son esclave. Mais au moins, une survivante.

Celles qui, ce soir, ne seront pas choisies, seront égorgées, et livrées aux vautours.

Aucune ne parlera. On n'approche pas impunément le Prince.

Il détourne les yeux de la toile, donne des instructions. Il choisira les autres plus tard.

Le serviteur yéménite pousse, avec précaution et révérence, le fauteuil roulant de son émir jusqu'au centre du cercle formé par les quatre membres du Conseil.

Le Conseil, la *shura majilis* restreinte, ne s'est plus réuni depuis la bataille de Tora-Bora. Une semaine a été nécessaire pour le réunir sans compromettre la sécurité des chefs de l'Organisation. Autour de lui, auprès du feu à même le sol, quatre hommes assis sur des selles de dromadaires. Un médecin égyptien, un mollah pachtoun, un émir algérien, et un jeune prince yéménite. Ils attendent que l'émir-général, ainsi le surnomme-t-on aussi, ouvre la session.

Ils ont, tout à l'heure, prié ensemble, pour leurs frères martyrs du Jihad, leurs frères tchétchènes.

Ce soir, ils doivent désigner le nouveau commandant militaire de l'Organisation, pour succéder à Mohammed, tombé en héros un an auparavant à Kaboul. Recrutement, formation, entraînement, acquisition de matériel miliaire, recherche d'armes chimiques, bactériologiques et nucléaires, activation et manipulation des cellules extérieures, coordination du Jihad planétaire, conduite des opérations spéciales, poursuite des combats en Afghanistan, à la reconquête de la terre des croyants, telles sont les prérogatives du chef militaire de l'Organisation.

Ils connaissent la préférence du Prince. Avec sa voix très calme, très lente, presque sourde, marquée par les voyages incertains et la maladie, il argumente pour défendre son favori. Mais chacun décide librement ici. Le mollah a une voix prépondérante. C'est un chef spirituel. Mais comme le Prince, il opte pour la conduite des opérations par un combattant jeune et déterminé et, surtout, un homme inconnu des services ennemis.

Les semaines à venir seront déterminantes. Le Conseil ne peut pas s'égarer. Et le Prince, affaibli, exposé, sait ses jours comptés. Il a accepté la sanction, qui viendra à l'heure choisie par Dieu.

Il doit désigner un héritier. Un moudjahidin dur, secret, éprouvé au combat, rompu au sang, charismatique, dans le visage et dans la voix duquel se retrouveront tous les croyants opprimés, pour porter la lutte au-delà des mers.

Les terres d'Allah sont partout.

L'homme sera, comme le Prince, prêt pour le sacrifice. Il consacrera tout ce qu'il possède au Jihad.

La *shura majilis* s'est donné jusqu'à l'aube pour se prononcer. Mais tous les regards se concentrent sur le plus jeune membre de l'assemblée, le plus brillant des chefs de l'Organisation, le plus riche, le plus spirituel, comme déjà désigné par Dieu. Un jeune prince, un jeune imam. Ses traits sont pâles comme le cœur de la nuit. Il est vêtu tout de noir, jusqu'au turban ensanglanté de Mohammed, relique talibane. Il est le dernier à parler. Et ne rendra plus la parole. Ses projets sont immenses.

Il capte toute l'attention du Conseil. Parfois, il leur semble que la voix du jeune imam change spectaculairement de timbre. Comme si un autre leur parlait. Le mollah est envahi par quelque chose de sacré. L'émir algérien s'est mis à genoux. L'Egyptien et le Prince se sont pris la main. Comme si le *Mahdi* venait.

Dans le chant des braises nonchalantes, le Prince pleure silencieusement.

Sans lui, le Jihad continuera.

Cette nuit, un chef est né. Ils l'appelleront tous, dans les médinas rebelles, les mosquées combattantes, et les montagnes sanctuaires, l'Imam noir.

Dans un recoin de la caverne, un téléviseur a été allumé. Des images en boucle d'une chaîne qatarie. Des images qui proviennent du cœur d'une puissance ennemie. Pendant que l'Egyptien, le mollah et l'émir entrent en conciliabule autour du feu, le jeune prince entraîne le fauteuil roulant de son maître devant l'écran. Ils se tiennent la main. Le Guide est épuisé, mais il veillera jusqu'à l'aurore. Cette nuit est sacrée. Ils jugent les images de leurs frères tchétchènes cagoulés indécentes. Le jeune imam décide d'arrêter tout cela.

Alors, fille de Meryem et d'Ibrahim, elle apparaît. Elle fixe la caméra impie.

La voix du Prince, qui humecte toujours ses lèvres, avant de parler :

– C'est elle ?

Le jeune imam sent que leurs mains s'étreignent plus encore. Il est épié par le Maître. Il ne cille pas.

– Oui, c'est elle, Si Hadj.

– Qu'elle est belle. Qu'Allah soit loué.

Yasmine Bin Khatabi, sa première épouse, sa guerrière. La femme qu'il aime.

Le Jihad est accompli pour Allah, non pour l'or, la gloire ou la puissance.

Sa Sultane.

2.

Nuit du 25 au 26 octobre 2002. Moscou ne dort pas.

3 heures.

L'hélicoptère de combat MI 24 vire à l'est, survole le parc Gorki puis, un kilomètre plus loin, laisse sur sa gauche les dômes du Kremlin, franchit la Moskova, prend l'axe de la rue Doubrovskaïa, un alignement de gyrophares.

Tonnerre des rotors. L'oiseau de proie blindé se pose dans le sifflement des turbines, sur le vaste parking du cinéma. Au sol, c'est l'anarchie, on court dans tous les sens, uniformes de toutes armes et de toutes polices, journalistes et parents d'otages mélangés.

C'est un bordel sans nom.

Avant que le major-général Igor Zoran ne pose le pied sur la passerelle de son hélicoptère.

Il ne se précipite pas hors de son appareil. Il attend que cesse le tourbillon strident des rotors. Et que sa garde, au sol, lui ouvre un chemin. Les hommes et les officiers sont bientôt tous au garde-à-vous au pied de la passerelle.

159

Le général est sanglé dans un grand manteau de cuir noir ceinturé, un ancien uniforme d'hiver des officiers supérieurs du KGB. Il est chaussé des mêmes bottes sur lesquelles se sont usées deux générations d'ordonnances.

Il était en mission clandestine quelque part dans le Cachemire indien. Il est revenu au plus vite.

Major-général Igor Zoran, chef des opérations spéciales du FSB. A ce titre, il dirige, entre autres unités secrètes, le Groupe Spécial Alpha. Il est grand, très athlétique, ancien champion de lutte interarmées – on dit qu'il tue les loups à mains nues dans les forêts de sa datcha sibérienne –, presque chauve, les yeux très clairs.

Regard sur la façade du théâtre.

C'est un homme fort du Président. Et comme c'est le bordel à la Doubrovka, il a maintenant les pleins pouvoirs.

Son état-major est désormais aligné comme à la parade. Il condescend à rejoindre le sol. Dans son sillage, jaillissant du MI 24, suivent une douzaine d'hommes de son groupe d'action personnel. Uniformes impeccables, camouflage pour combat urbain, armes blanches aux mollets et aux épaules. Cagoules grises. Personne ne les bouscule.

Et tout à coup, un grand calme. Un très long courant d'air glacé. A présent, pour les terroristes *boïviki*, octobre est un cauchemar.

L'aéroport de Shannon est criblé d'une pluie froide, à l'arrière de vents turbulents. On a ouvert une piste pour le vol spécial qui vient de France. Juste un *stop and go*. Un vol en retard pour Boston, qui a attendu l'accalmie, s'arrache en bout de piste. Le Falcon 900 lutte contre l'aquaplaning. Mais les pilotes du Groupe aérien mixte sont des as, éprouvés aux missions spéciales. Ils posent n'importe quoi n'importe où. La piste de Shannon est une autoroute. Sous la pluie, je m'avance sur le tarmac. Quand j'ai appelé mon dernier correspondant au Service, quatre heures plus tôt, j'ai déclenché une chaîne opérationnelle immédiate. On a alerté des ministres, et surtout le Président. On a sorti des hommes importants de leur lit.

Une Française, identifiée par une source extérieure au Service, compte parmi les femmes kamikazes du commando terroriste tchétchène.

C'était l'en-tête du message qui circulait cette nuit. Avec une teneur suffisante pour soucier bien des décideurs. Aussi, dans le jet qui touche Shannon, s'est pressé le Directeur général de la Sécurité extérieure, accompagné de ses deux subordonnés du Renseignement et des Opérations.

Nul ne descend de l'appareil, qui juste coupe ses moteurs, pour son ravitaillement de J.P.1.

Ils m'attendent.

La Boutique a désormais une bien jolie hôtesse ou, plutôt, est-ce l'officier de sécurité, blonde, du nouveau patron. La porte du Falcon se verrouille aussitôt. Les trois hommes sont debout. Je ne connais pas le nouveau Directeur qui m'accueille presque cordialement. J'imagine que, pour sa part, il est parfaitement informé sur mon compte. Comme pour les autres technocrates qui ont dirigé la Boîte, j'apparais vraisemblablement comme un agent romantique. La peste pour les nouveaux professionnels. J'ai trop besoin d'aimer mes agents, et le monde qu'ils défrichent. Je suis trop sur les frontières. Je déteste les ensembles maillés. J'ai confiance dans les hommes. Je vomis les structures. Le nouveau patron est la Structure.

— Bienvenue à bord, colonel Montserrat.

Dans mon dos, j'entends l'équipage préparer notre plan de vol. Sans escale pour Moscou.

3 h 13.

Le major-général Zoran entre dans la salle des opérations. Dix fois trop de monde. Il exige le moins de témoins possible. On a beaucoup bu ici. Sueur, incompétence et vodka. Cela ne va pas durer. Hormis l'état-major des forces spéciales du FSB, et les officiers du Spetsgruppa Al'Fa qui commandent l'assaut, tout le monde dehors.

Un général du ministère de l'Intérieur, ivre, s'empare d'une kalachnikov. Il veut casser du Tchétchène. La voix d'Igor Zoran n'est pas douce. Plutôt rauque. Il s'adresse brutalement à l'un de ses cerbères :

— Vlad, dégage-moi ça !

Coup de crosse du fusil automatique dans la gueule du général du MVD. On l'évacue sans ménagement avec le reste du troupeau.

Le major-général Igor Zoran prend son commandement. Le ton est donné.

3 h 17.

Elle s'est repliée dans la position du fœtus. Elle a faim, elle a soif. Elle a trouvé de la place au dernier balcon qui longe la gauche de la scène. Ici, l'odeur qui monte depuis la fosse d'orchestre est très forte, mais il y a moins de pleurs et de gémissements. Même à cette heure, si profonde, de la nuit, peu parviennent à trouver le sommeil. Pour ses frères, pour ses sœurs, il n'en est pas question.

Les otages, qui accompagneront le Martyre, ont été informés, à minuit, du risque de l'imminence de l'assaut. Chacun sait ce que cela signifie. Certains ont succombé au sommeil, jusqu'à la fusillade de tout à l'heure. L'une de ses sœurs a craqué : elle a ouvert le feu. On a sorti les deux blessés. Depuis, personne ne dort. Ni dans l'orchestre, écrasé d'une lumière livide. Ni partout autour, quand rôde l'armée infidèle.

C'est aujourd'hui l'heure du grand rendez-vous.

La Colère. La Vérité.

Elle ferme les yeux, et se souvient des jours sans fin de la chute de Groznyï. L'hiver n'était que boue. Le maître du Kremlin avait changé. Celui-là était le Tyran.

Spetsnaz et SOBR se sont abattus sur la capitale. Précédés d'un déluge de feu et de métal. Après la grande bataille, ils ont nettoyé. Ils appellent cela, en riant, la *zatchitska*.

Elle a vu passer, dissimulée à plat ventre dans un fossé, sous les cadavres poisseux et humides de ses frères *boïviki*, les convois blindés des assassins qui pourchassaient les survivants. Accrochés sur les antennes des BTR étaient accrochés des scalps encore frais. En grappes, sur les ridelles des véhicules guerriers, les assassins s'étaient maculé le visage du sang brun de leurs ennemis. Camouflage barbare.

Le long de la route d'Alkhan Kala, elle a cru mourir de peur. Elle a rampé dans des champs de mines. L'odeur de la terre, argileuse, grise et glacée, a éloigné celle des martyrs.

La Tête du cobra

Quand elle est parvenue à un premier village, après la *zatchitska*, elle a su que plus rien ne serait comme avant.

Comme beaucoup de ses frères, comme l'émir Movsar, au deuxième étage du théâtre, entouré de ses promises, elle prie. Il est 3 h 20.

Au nom de Dieu, le Tout-Miséricorde, le Miséricordieux
Louange à Dieu, Seigneur des univers
Le Tout-Miséricorde, le Miséricordieux
Le roi du Jour de l'allégeance.
C'est Toi que nous adorons, Toi dont le secours nous implorons.
Guide-nous sur la voie de rectitude
La voie de ceux que Tu as gratifiés, non pas celle des réprouvés non plus que de ceux qui s'égarent.

Les Sept répétées.

Elle va mourir. Et jusqu'à demain elle récitera la première des prières, la Mère du Livre.

Elle caresse sa gorge, le talisman de Massoud est toujours là : la tête du cobra.

L'émeraude afghane, le talisman de Michel.

Quand j'étais une espionne française.

3.

26 octobre 2002, un triréacteur,
porté par les courants du Gulfstream,
poursuit la nuit vers l'est.

J'ai achevé mon récit. Les heures jouent contre nous.
J'ai synthétisé.

J'avais eu le temps, dans les effluves de cuir de la Rolls-
Royce, sur la route de Limerick, puis de Shannon, de
réviser ma récitation. Mes trois interlocuteurs sont plus que
stupéfaits : ils sont abattus. La femme voilée du théâtre est
un agent du Service, porté disparu.

Emeraude.

J'ai anticipé la dernière question du Patron.

– Oui, j'en suis sûr.

Sur un ton sans retour.

Le directeur du Renseignement, un ancien grand flic de
la ST, connaît comme personne les Russes.

– De toutes les façons, Michel, ils ne feront pas dans le
détail. Aucun raffinement à attendre de leur part. Dans

moins de trois heures expire l'ultimatum de Baraïev. Ils attaqueront avant.

Il me tend un fax parvenu quelques minutes plus tôt : une fusillade a déjà éclaté.

— Les Tchétchènes sont de plus en plus nerveux. Poutine a envoyé Zoran superviser l'assaut. Il est sur place. Tu connais sa réputation ?

Les précisions me paraissent, en effet, superflues. Le directeur des Opérations, un camarade de promotion de Saint-Cyr, semble le plus consterné. Il me vient en aide.

— Il demeure toujours une chance pour que quelques-uns, ou quelques-unes, survivent à l'assaut...

C'est l'hypothèse qui angoisse le Directeur.

— Zoran les fera parler, complète l'homme du Renseignement. En Afghanistan, aucun moudjahidin ne lui résistait.

La conversation est soudainement suspendue par cette dernière intervention. Tous réfléchissent très vite. L'horloge du jour des Grands Périls s'affole. L'officier de sécurité du Patron sort du poste de pilotage pour nous proposer quelque chose à boire. Elle est terriblement blonde. Personne n'est vraiment d'humeur à trinquer à quoi que ce soit. Elle disparaît.

— J'autorise un dîner avec mon ange gardien, pour la meilleure première bonne idée, lance le Directeur sans rire.

— Nous n'avons pas le choix : négocions avec les Russes.

C'est non seulement parce que c'est ma solution, mais c'est la seule issue.

— Michel a toujours été un homme à femmes..., se gausse mon camarade des Opérations.

— Concrètement, Montserrat, que leur proposons-nous ? enchaîne le Patron.

166

J'ai, sur cette route sinueuse, noyée de pluie d'Irlande, trouvé la clef de la survie d'Emeraude.

– Une opération d'infiltration au plus haut niveau en double commande.

– En clair ?

Les sourcils du directeur du Renseignement forment tout à coup un accent circonflexe. Il n'a jamais entendu pareil sacrilège dans le métier.

– Une manipulation partagée par les Russes et nous-mêmes, c'est de la connerie, Michel. C'est irrecevable. Négatif : ça ne fonctionnera pas.

Il reprend son souffle, encore sous le coup de l'indignation, et poursuit, péremptoire :

– Les Russes n'accepteront jamais.

Nous cherchons tous les quatre des exemples de traitement combiné d'un agent d'un aussi haut niveau. Cela n'existe pas. Je continue à lutter :

– Proposons-leur un marché. Nous n'avons rien à perdre.

– Si, tranche l'ancien flic, nous démasquons Emeraude, ils la sauvegardent, mais la portent sur la liste des victimes. Ils l'escamotent. Elle livre ses secrets. Et ils conservent sur nous l'épée de Damoclès. Tout bénéf pour le FSB. Poutine aura la main sur la France pour pas mal de temps.

– Un désastre, commente le Directeur général, qui retrouve subitement ses réflexes d'ancien diplomate.

J'en ai assez. Je me braque :

– D'accord... Demi-tour. Ramenez-moi sur Shannon. Je ne vous ai rien dit... Laissons les Russes maîtres du destin d'Emeraude.

Je les laisse évaluer la part du risque si le massacre n'est pas général : celle du scandale d'un agent du Service, défecteur pour Al-Qaeda, et engagé dans une opération de guerre contre Moscou.

— Tu nous emmerdes, Michel...

Le chef du Renseignement est furieux.

— Mais nous n'avons pas le choix.

Ils abdiquent. Je bondis :

— Exigeons, avant de leur livrer le moindre renseignement sur elle, un protocole très strict de collaboration. Pas d'interrogatoire sans nous. Et surtout, s'ils la déclarent Delta-Charlie-Delta, une authentification du corps.

Les trois décideurs me fixent brutalement.

— Et je suis le seul... à pouvoir effectuer ce... travail.

Le Directeur presse une touche sur l'accoudoir de son siège et appelle le poste de pilotage.

— Où sommes-nous ?

— A la verticale du Rhin, monsieur.

— Destination finale confirmée, commandant... Marie-Laure, apportez-moi la valise, merci.

La blonde, avec laquelle j'ai gagné un hypothétique dîner, revient avec une valise satellitaire. Pendant que le Directeur recherche dans son classeur électronique un numéro d'appel, il me glisse, sur un ton neutre :

— Nous n'aurions jamais dû payer la rançon de ce bandit chinois. La prochaine fois : allez-vous faire foutre en enfer, Montserrat.

Je pense qu'il a raison.

Il compose assez fébrilement le numéro. Chaque touche pressée est comme une douleur.

Son correspondant ne dort évidemment pas. Comme tous les officiers supérieurs de l'ancienne communauté du renseignement soviétique, il pratique une demi-douzaine de langues et, bien entendu, parle français.

– Nikolaï... oui, c'est moi... Nikolaï, je sais que vous êtes assez occupé à cette heure... oui... mais j'ai quelque chose... d'un peu compliqué à vous proposer...

Je ne respire plus.

L'homologue du Directeur est sous pression. Si transaction il y a, elle sera immédiate.

La télécommunication s'arrête brutalement.

– Il rappelle..., me lance le Patron.

– ... Dans cinq minutes. Il est surpris.

Le chef du FSB doit consulter son maître, puis les exécutants. Beaucoup d'inconnues. Chacun se tait. Les autres ne savent pas. Yasmine. S'ils savaient. Alors, comme pour moi, au cadran de la vie, et de la mort, cinq minutes.

Retour en enfer, Tchétchénie. Frontière ingouche. Janvier 2000. Première offensive russe de l'ère Poutine.

Le premier mois de la dernière année du siècle, des jours j'ai cherché un indice, une parole, j'ai soudoyé des hommes du MVD à la komandantura d'Ourous Martan, j'ai fait la route à contre-courant des guerriers et des civils qui fuyaient le pire. Des hélicoptères monstrueux, le baiser de la mort, m'ont survolé sur le chemin d'Alkhan Kala, où je suis parvenu, un soir.

Jusqu'où j'ai pu.

Je ne pouvais plus atteindre Chatoï, où tu étais supposée être tombée. La colère du nouveau maître du Kremlin écrasait le Caucase.

Alkhan Kala, où suppliaient les survivantes. J'ai vu ce

qu'ils ont fait. Je comprends pourquoi tu es des leurs, maintenant. Je ne veux pas que tu rejoignes l'éden des martyrs d'Allah.

Le Directeur décroche dès la première sonnerie. Il laisse parler son interlocuteur. Puis il ne cède rien. J'ai les yeux sur mon chrono au moment où ils engagent leurs paroles respectives, paroles d'espions, je crois que je prie.
Yasmine, jusqu'où es-tu allée ?
Alors, seulement, comme je donne, d'un hochement de tête, mon accord, le Patron répond à la question principale de son homologue. Cinq mots suffisent :
– La fille au Tokarev chromé.
Fin d'appel.
Nous sommes un peu embarrassés. Pour ma part, je feins de l'être. Le Falcon fend le ciel allemand. Je suis heureux.
J'avais atteint Alkhan Kala, à la croisée de destinées rebelles. Je n'avais pu voyager plus loin.
Mais cette nuit je reviens vers toi, la fille au Tokarev chromé.
Yasmine, que Dieu te pardonne.
Et t'épargne.

4.

Samedi 26 octobre 2002, 5 h 12,
les ombres figées deviennent passe-murailles.

Une agression âpre. D'abord le cœur s'emballe. Puis, une sensation de noyade.

Elle cherche de l'air.

Besoin de respirer encore, encore une fois.

Ils sont là. Partout. Dans une brume de plus en plus dense. Mais d'où jaillissent-ils, ces masques de Géhenne, ces djinns furtifs, démons casqués ?

Ses mains cherchent le détonateur, mais elle ne peut pas. Tétanie.

Enfumés comme des rats.

Dans ses yeux embués, elle voit encore.

Pour mieux tuer, ils tombent leurs masques, se font vomir.

Ils frappent à coup sûr.

Respirer, voir, à travers toutes les larmes d'Allah.

Chuter, les hommes, les femmes, les enfants.

Des gorges offertes, marbrées par le mal, d'où giclent des rivières écarlates.

N'appelez pas ceux qui périssent sur le chemin de Dieu des morts, mais des vivants.

C'est fini.

Elle ne peut plus sentir que, dans des ordres violents, on se saisit d'elle. On la charge sur le dos d'un homme corpulent.

On l'enlève.

5.

26 octobre 2002, 7 h 17,
base aérienne spéciale russe de Vnukovo
trente kilomètres au Sud-Ouest de Moscou.

Trois limousines noires alignées sur le tarmac.

Les nouveaux maîtres de la Russie préfèrent Mercedes à la production locale. Encore sur la passerelle, le Directeur converse sur son portable avec notre résident à l'ambassade. Il nous rejoint en bas des marches.

– Tous les otages ont été évacués... Mais les pertes seraient conséquentes.

Accueil cordial d'un officier de liaison en grand uniforme. Autour des limousines, le ballet des gardes du corps du colonel-général Nikolaï Korsakyov. Déjà, un cordon de protection spetsnaz, veille sur le Falcon.

Je me réfugie dans le col de mon manteau de cachemire. J'essaie de profiter du trajet pour récupérer. Tout est maintenant joué. C'est moi, et moi seul, qui ai entraîné Yasmine jusqu'ici. Je l'ai choisie, recrutée, formée. Je l'ai aussi perdue.

173

J'ai tenté de te sauver.

Deux véhicules de protection, des berlines 4x4 occidentales teintes gris requin, complètent le cortège. Sirènes. Gyrophares. Il n'y a pas d'embouteillages sur les périphériques de Moscou pour les hôtes de Nikolaï Korsakyov. Mais maintenant, tout est joué.

Une fontaine sur la place a escamoté la statue de Dzerjinski, mais l'endroit, et plus particulièrement à cette heure bruineuse, est sinistre. 1-3 Ulitsa Bolchaya Loubyanka. Ce n'est pas seulement une adresse, c'est un cauchemar.

Le tête du cortège s'efface. Les trois limousines bondissent dans une cour pavée, puis plongent dans un garage souterrain. On nous stoppe devant une batterie d'ascenseurs d'un autre âge.

L'ascenseur est gigantesque. Il n'y a pas de contrôle visuel des étages. Bienvenue à Paranoïaland. La seule chose dont nous sommes sûrs est que nous montons.

Un couloir large comme une avenue.

L'ombre de Beria. Des assistantes, très jeunes, portent des jupes jusqu'au bas des genoux. Les coiffures sont liées en de stricts, mais ravissants, chignons.

Parfum de Tcheka.

Aux étages inférieurs, dans les sous-sols, prisons et salles d'interrogatoires, le personnel n'est pas le même.

Aucun de nous, maîtres espions occidentaux, n'a mis les pieds ici. Un drôle d'effet de pénétrer subitement l'épicentre de ce que nous appelions, hier, l'empire du Mal. Le directeur du Renseignement, ce grand gaillard bourru, cache difficilement son émotion. Peut-être pense-t-il, comme moi, aux camarades exécutés ici.

Malgré les événements, parmi le personnel, on ne ressent nulle fébrilité exceptionnelle. Juste des visages, des corps exténués. Une de ces assistantes mi-spartiates, mi-courtisanes, nous prend en charge. Dans son sillage vert-de-gris, nous nous divertissons un instant, derrière une paire de fesses ex-KGB qui chaloupe.

La double porte du colonel-général est grande ouverte. La sentinelle est presque assoupie. On nous introduit directement, sans faire antichambre. A notre entrée dans une vaste salle de bois verni, où les volets de hautes fenêtres sont à demi clos, toute en longueur, il renvoie d'un coup de tête la demi-douzaine de collaborateurs affairés, mais rompus, autour de lui. Sauf un. Qui demeure dans son dos.

Son bureau est en chêne massif. Un peu comme lui. Il est épuisé, et ne prend pas la peine de se lever pour nous saluer. Il nous désigne, d'un geste las, des fauteuils disposés anarchiquement devant son bureau.

A peine assis, je me rends compte que la pièce est un bordel sans nom. Dans un coin, un lit de camp, avec des draps froissés en vrac. Un amoncellement de dossiers et de parapheurs est effondré à droite et à gauche du bureau, sur lequel fermentent les restes de trois jours de repas communs. Pyramides dans les cendriers. Des mégots sont écrasés un peu partout sur le plancher. A même le sol, des bouteilles de soda, d'alcools forts. Sur une table de buffet, un stock stratégique de whisky et de champagne. Bris de verre en cristal partout. L'état-major du FSB fête le massacre.

Nous nous sentons un peu de trop.

Le chef du renseignement russe conserve la main droite

figée sur l'un des combinés téléphoniques de la desserte, sur sa gauche. Au téléphone, le Président est toujours impatient.

– Bienvenue, chers confrères. Pardonnez-nous l'absence de protocole, mais nous sommes confrontés, depuis trois jours, à la somme de tous les *emmerdements*...

Il parle presque sans accent. Souvenir de quatre années passées à Paris comme attaché commercial de l'Aeroflot. Expulsé sur les conseils de la DST, avec quarante-six camarades, le 5 avril 1983.

Le Patron a un peu de mal à articuler. Il se lance, et me cède rapidement la parole. J'établis la synthèse des synthèses. Je tente surtout de faire la part de ce qui est à dissimuler, et de ce qui est à partager.

Ses yeux légèrement bridés, son regard si slave, malgré l'avalanche des paupières, ne me lâchent jamais. Il me coupe tout à coup, et me désigne de l'index :

– C'est vous qui l'avez perdue ?

Je confirme.

A peine sept minutes se sont écoulées depuis notre apparition dans le bureau. Le colonel-général Korsakyov a fait bloquer tous les appels téléphoniques. Seule la ligne du Kremlin est ouverte. L'homme dans son dos, le chef du Département de la lutte contre le terrorisme, lui tend un dossier ouvert. Korsakyov le parcourt en diagonale.

Je ne peux pas réprimer l'adrénaline qui monte en moi, les pulsations qui s'emballent. J'essaie de coller la plante de mes pieds le plus à plat sur le plancher. Je ne dois rien montrer.

– Leila Najri, décédée le 2 janvier 2000... laisse-t-il tomber. Oui, je me souviens... A l'époque de la prise de Groznyï...

Il ménage une pause. Il joue avec toute la pression qui m'étreint maintenant. Il ne fixe plus que moi. Je baisse les yeux. A cette heure, il sait.

Il se tourne vers notre Directeur. Encore le silence. D'une voix neutre, il reprend :

— Votre requête, cher collègue, a retardé l'assaut d'une heure. J'ai eu bien des difficultés à argumenter auprès du Président, et surtout auprès de notre homme sur place en charge du règlement du dossier...

Huit cents otages.

— Bien avant l'assaut, les caméras serpents thermiques du Groupe Alpha avaient identifié chacun des soixante et un membres du commando terroriste. Nous avons retrouvé la fille au Tokarev par recoupement électronique d'images entre celles du reportage de la NTV et celles réalisées par Alpha...

Ils t'ont trouvée.

— L'assaut a été retardé d'une heure. Connaissez-vous le major-général Zoran ?

Question superflue.

— Il n'a pas non plus apprécié que l'on complique son opération. Sa philosophie sur ce dossier est : *pas de prisonniers.*

Korsakyov tapote nerveusement sur le combiné.

— ... Ce n'est pas la mienne. Mais c'est un ami du Président. Il est, comment dire...

Il sourit enfin vers nous.

— Assez brutal.

Je ne peux plus rien contrôler.

177

Maintenant Nikolaï Korsakyov fixe le vestibule au fond de la pièce, derrière nous, où entre, à pas décidés, un homme.

Je suis le seul à me retourner. Lentement, par-dessus mon épaule.

Un colosse. Les jambes plantées. Mains sur les hanches. En uniforme de camouflage pour combat de rue. Des mitaines de cuir cloutées. La sangle de son porte-poignard, le long de sa cheville droite, est détachée. Un pistolet-mitrailleur, dans son holster noir, lui barre le torse. Au col de son treillis, des taches à peine séchées.

Le maître du Jeu.

Et je ne sais pas pourquoi, mais c'est vers moi qu'il dit :
— *Cette salope est vivante.*

6.

Cachots de la Loubyanka,
où l'on n'entend jamais les bruits du monde.

Le Russe lui lâche les cheveux. Les menottes lui scient les poignets. La lumière est pleine. Comme un soleil blanc permanent. Et surtout, elle commence à pouvoir, entre deux nausées, respirer.

Rien, elle ne se souvient de rien. Elle est nue, assise sur une chaise, les mains menottées dans le dos.

Un homme en treillis, celui que son chef appelait, tout à l'heure, Vlad, s'agenouille devant elle. Il a le bijou dans les doigts. Il le promène devant les yeux exorbités de la jeune femme.

— Truie de moudjahidin, hein ?

Vlad enlève la veste de son treillis. Il est maintenant torse nu. Il pue. Toute la sueur d'un combat inégal. En pachtou, en farsi, puis en arabe, il vient chuchoter à l'oreille de sa prisonnière :

179

— Je ne dois pas, putain, marquer ton corps. Ce sont les ordres... Je sais faire très mal... quand même.

Il s'éloigne. Va saisir quelque chose au fond de la pièce. Il lui montre. Elle ne comprend pas ce que c'est. Il saisit la mâchoire de la *boïvitchka*, par la force lui ouvre la bouche, enfonce ses doigts jusqu'à la trachée.

— Les couilles de ton émir, truie.

Elle vomit tout.

Aux étages supérieurs de la Loubyanka.

Inutile de faire les présentations. Il chasse le chef du contre-terrorisme. Envoie valser une pile d'assiettes crades, et s'assoit, sur une fesse, à l'angle du bureau de son supposé patron.

Elle est vivante.

Quand il nous dévisage tous les quatre, j'ai peur que notre Directeur ne fasse dans son froc. Nous ne sommes pas les bienvenus, aujourd'hui, dans le paysage d'Igor Zoran. Il n'a pas tué tout le monde. Et a mis un peu plus ses hommes en péril, dans une opération très délicate, pour sauvegarder la vie d'une *boïvitchka*.

Dans un souffle, un peu las, il se tourne vers moi.

— C'est toi, Montserrat ?

Mes camarades sont muets, dans leurs petits souliers. Je n'ai jamais été autant détesté par la Maison.

— Oui... c'est toi.

Ses yeux. Je n'oublierai pas.

— On ne se connaît pas...

Il cherche dans une poche zippée un paquet de cigarettes.

– Mais on s'est déjà croisés. Sur les mêmes chemins...
Dans des camps opposés. Afghanistan, Angola. Poussière, passions contraires.

Une première bouffée de brune. Ses lèvres pincées évacuent la fumée vers son général camarade.

– Qu'attends-tu de moi, Nikolaï ?

Korsakyov résiste.

– Rien de plus que ce qui a été négocié.

Zoran se passe la main sur le crâne, en souriant, puis,
les yeux dans le vide, en suivant les volutes de fumée :

– Je n'ai rien négocié, Nikolaï.

Notre patron entend protester. D'un geste, je l'en dissuade. Emeraude n'est pas encore sauve. Tout à coup,
Zoran se met à nous insulter en russe. Le directeur du
Renseignement, bilingue, et moi-même saisissons toute la
délicatesse des compliments. Nous ne traduisons pas. Il se
calme, mais je crois qu'il va me cracher au visage. Le major-
général Igor Zoran marche à l'héroïne. Souvenirs afghans.
Ce matin, il a tué à mains nues. Il a empoisonné des
dizaines d'hommes et de femmes. Il est ailleurs. Il est armé.
En colère.

Son supérieur est livide. Zoran reprend :

– Je n'ai rien négocié, mais Montserrat a raison.

Il se calme.

– La menace est maintenant trop forte. Partout. Indonésie, Caucase, Balkans, Cachemire, Afrique. Ils se réorganisent. *Enduring Freedom*... Les Américains ont juste mis
un coup de pied dans la fourmilière... Ils n'ont rien
abattu...

Presque de la quiétude.

– Bien au contraire... Le feu est attisé... Tout un monde

se révolte. Hier ils étaient dix... Aujourd'hui, ils sont cent, demain, mille... Faire la guerre à cela...

Il se lève soudainement.

– Ils ont un nouveau commandant...

Il se déplace jusqu'à la première fenêtre, écarte une lourde tenture olive.

– ... une *shura majilis* est réunie en ce moment, au Yémen ou en Somalie. Mohammed Atef a été éliminé par un Hellfire américain, il y a à peine un an. L'émir-général n'ira plus très loin... Ils ont besoin d'un nouveau commandant. Celui qui a manipulé la Jammya Islamya à Bali, et Movsar Baraïev pour... toute cette merde.

Le deuil sur Moscou. Dans les hôpitaux, des survivants luttent contre les effets du Fentanyl. Igor Zoran a doublé le dosage conseillé par les médecins chimistes. Aucune chance pour les terroristes wahhabites.

– ... Il montre aux émirs de quoi il est capable.

Les épaules du chef des unités spéciales tombent à présent un peu plus. La fatigue, peut-être.

– Personne ne sait qui il est. Son but est de réunir tous les combattants. Constituer et faire émerger une élite. Fédérer les réseaux. Pour pouvoir frapper partout.

Nikolaï Korsakyov est épuisé. Il se lève de son fauteuil pour faire quelques pas. En fait, il s'avachit sur son lit de camp. Zoran prend sa place, étale ses bottes de saut sur le foutoir.

– Les chefs d'Al-Qaeda ont peur de lui. Il veut aller plus loin. Il les sacrifiera tous. Au sommet de l'Organisation, il veut établir le règne d'une nouvelle secte.

Le major-général clôt ses yeux. Il se souvient, ce matin, de la peau si douce de cette femme, kamikaze, paralysée, la peau de sa gorge, elle sentait trois jours de terreur. Un voile grenat.

– Dont il va démontrer au monde l'efficacité, et la cruauté.

La voix de Zoran s'enroue.

– ... Très bientôt.

Il écrase un premier mégot sur le dossier Leila Najri.

– Une secte en sommeil, résurgence de temps obscurs.

Puis il cale ses joues entre deux mains très larges. Qui ont supprimé tout à l'heure. Il observe Korsakyov s'endormir, avec mépris. Les mains d'un tueur. Un écran de fumée bleue entre lui et nous. Son regard revient vers moi.

– La secte des Assassins.

7.

La canicule, sur des déserts qui embrassent la mer.

Il marche sur le plateau des bergers *majertins*. Son turban
noir est marié avec le zénith.
Il est l'Elu.
Ses frères wahhabites ont accepté le sacrifice.
Le Tsar paiera la Colère.
*Porte la bonne nouvelle à ceux qui auront cru, effectué
l'œuvre salutaire : ils auront des jardins sous lesquels des ruis-
seaux coulent.*

Descente aux enfers. Sous-sols de la Loubyanka.
Igor Zoran me conduit vers elle.
Il a besoin d'un agent infiltré pour remonter vers
Lui. Pour l'heure, Zoran est sourd et aveugle. Emeraude
est sa bénédiction. Elle a le choix. Entre deux chemins. Le
retournement, la coopération, la vie. Le refus, le fanatisme,

la fin. Elle n'acceptera pas un officier traitant russe. Elle n'acceptera personne d'autre que moi.

Nous disposons de peu de temps. A l'aube, nous ne pourrons plus la libérer : elle sera pour toujours, aux yeux de ses frères, suspecte. Si elle réapparaît avant la nuit, aucun d'eux ne pourra imaginer un retournement en quelques heures. Inconcevable. Nous la relâcherons. Les hommes de Zoran veilleront à ce qu'elle franchisse les mailles du filet antiterroriste de toutes les polices de Russie. Ils la laisseront rejoindre une cellule active de soutien tchétchène dans la capitale. Qui l'exfiltrera. Puis, très vite, elle devra monter les échelons, très haut, trop vite, pour nous mener à Lui. Quand cela sera fait, elle sera libérée de tout serment. Elle aura à nouveau le choix.

Si elle échoue, elle vivra avec Igor Zoran dans le dos.

L'ascenseur descend très bas. Vers la prison des prisons, où la lumière est si crue.

Je serai seul à lui parler. Pas ici. Hors de question. On prépare une pièce à l'ambassade. Un médecin militaire français, spécialiste des armes chimiques, est en route pour Moscou, sanglé sur le siège arrière d'un Rafale. Agir vite. La remettre sur pied en quelques heures.

Mon petit soldat est au bout de ce couloir, peuplé d'hommes de Zoran, occupé par la haine. Le major-général frappe à une porte surveillée par trois tueurs. Elle s'entrouvre à peine. Un geste brusque vers moi. Une menace.

Pas un pas de plus.

Il disparaît dans la pièce.

Derrière cette porte, Emeraude, tu portais très loin ton

regard, dans la tendresse marine, au-delà de la magie du Rif, vers Gibraltar. Et jusqu'aux royaumes blessés de Dieu, Yasmine.

Il me fait signe. Je peux entrer.

Elle est assise, liée, prisonnière. On l'a habillée comme les jeunes aujourd'hui. Derrière moi, se referme la porte.

Nous sommes seuls.

Mais elle ne veut plus voir les hommes. Elle maintient son visage vers le sol. Depuis quand ?

Ce murmure, Saint-Jean-des-Croisés, dans la confidence de l'ossuaire. Les cheveux mi-longs, jais, aujourd'hui. Depuis quand ?

Je t'avais souhaité bon voyage.

Je t'ai longtemps crue dévorée par les flammes, dans le crépuscule tchétchène, je suis parti sur la route des hommes perdus, retrouver une princesse d'Asie, sa peau était une soie.

Nos destins, fiançailles lointaines, conquêtes d'espions, se croisent maintenant, ici, dans les cellules oubliées de la Loubyanka. Je veux voir tes yeux, si noirs, je veux savoir.

Je me penche vers elle. Elle ne bouge plus, n'a même plus ce recul instinctif de terreur. Caresse sur une joue. L'émeraude est encore là.

Baiser dans ton cou. Tu pleures.

– *Salaam*, ma belle.

8.

Voie clandestine de sortie du siège
du Federal'naya Sloujba Bezopasnosti.

Yasmine, lovée dans une grande couverture de laine, s'endort contre moi. Nous quittons la Loubyanka, à l'arrière d'un véhicule de livraison d'un traiteur moscovite. Notre trajet sera tortueux. Nous changerons souvent de direction. Derrière nous, à deux reprises, des véhicules bloqueront accidentellement la circulation. Devant la gare de Koursk, si les hommes de Zoran donnent le feu vert, alors seulement nous nous dirigerons vers l'ambassade de France.

Je ne peux pas, à l'arrière de ce véhicule, visualiser notre parcours. Yasmine est encore dans les mains d'Igor Zoran. A tout instant il peut changer d'avis. Le chauffeur est un professionnel. La conduite est nerveuse, coulée, précise. Sous les effets de narcotiques, et du Naxolone, un anti-toxique pour lutter contre le venin du Fentanyl, un concentré de morphine, Yasmine a maintenant sombré. Je lui

187

caresse la nuque. Quand, tout à l'heure, dans ses larmes, j'ai vu, j'ai su.

Torture.

A l'avant, on parle en russe dans un poste de transmission. Le parcours est sans cesse modifié. J'ai hâte de parvenir à l'ambassade. Je n'ai pas encore entendu le son de sa voix. Elle ne m'a pas parlé. Mais je ne voulais pas entendre ce timbre si chaud dans l'écho profond des caves de la Loubyanka.

Changement d'asphalte. Nous franchissons un ouvrage, un pont. Nous traversons la Moskova. Nous nous rapprochons. Je lui prends la main gauche, celle qui tenait le détonateur. Les longs doigts de Yasmine sont glacés.

Vers où vais-je te renvoyer ?

Le véhicule oblique brusquement à gauche, puis à droite. Nous ralentissons. J'entends distinctement l'ouverture électronique d'une herse. Puis celle de la porte d'un garage. Accès sécurisé de livraison de l'ambassade de France à Moscou. On court à droite et à gauche du véhicule. Des voix françaises. Encore quelques mètres.

Bienvenue, Yasmine, pour quelques heures, sur le territoire de France.

La porte du coffre arrière du véhicule s'ouvre. Je sors avec, dans mes bras, Yasmine. Deux hommes, des gendarmes, m'aident à la coucher sur un brancard. Une infirmière la perfuse immédiatement. Un grand type quinquagénaire à moitié chauve s'avance du petit groupe qui m'accueille.

– Médecin-général Quillot. Pas de souci, colonel : vous devez me la confier une petite heure...

Je n'ai pas le temps de lui dire merci. Il a déjà emprunté, avec le brancard et deux infirmières, sous l'escorte de gendarmes en armes, un long couloir. L'ambassadeur de France, le Directeur, et le chef de poste du Service s'avancent vers moi. Nous sommes tous en accord : pour tous les témoins, cette Française est une victime, une otage. Le chef de poste organisera une procédure de surveillance adaptée sur les personnels impliqués, quelle que soit leur habilitation : confidentiel ou secret défense. Niveau de sécurisation maximal pour Leila Najri.

J'ai besoin de me débarrasser de mon costume, de prendre un bain. D'exorciser toutes les odeurs de la Loubyanka. L'ambassadeur est charmant. Sa secrétaire particulière est un amour. Juste une heure pour fermer un peu les yeux, et ne jamais, plus jamais, revenir vers le neuvième sous-sol, royaume souverain du Spetsgruppa Zenit, à la seule discrétion d'Igor Zoran, centre de détention souterrain du FSB.

Même heure, côte océane de Somalie,
presqu'île de Dante, terre de pirates.

Jusqu'à présent ce n'était qu'un point à l'horizon. Ici, l'océan se brise en des couleurs fragmentées à l'excès, merveilles marines. Il prend ses jumelles pour vérifier, mais ce ne peut être que cela. Sinon, c'est l'ennemi. Le point prend forme.

Bientôt, apparaît l'un des plus fiers navires d'Orient. Ils attendent que le yacht stoppe à trois milles marins. Puis les bandits darods, guerriers de l'Al-Itihad al-Islami, foulards à carreaux rouges et blancs, mettent le dinghy à l'eau, pendant que veillent, autour de l'anse interdite, déployés en étoile, des serveurs d'armes antiaériennes. Si surgissaient les aigles.

Silhouette assombrie sur océan turquoise, l'Imam noir rejoint son bord.

Le *Tasnim*. Un Millenium 151. Jouet infidèle conçu en Floride. Trois ponts. Quarante-six mètres de long. Moteurs Twin MTU qui portent le yacht à vingt-huit nœuds. Carénage gris acier. Trop cher pour beaucoup de puissants. Pour Omar Isam Bin Khatabi, juste un bateau plus rapide que les autres, qui le ramènera à Aden, avant que, demain, ne se lève le jour.

Une armée de serviteurs se prosterne dans le sillage de son voile noir. Il porte, comme son père, son grand-père, et des générations de Khatabi, le *jambyya*, long poignard yéménite dans son fourreau de corne de rhinocéros, serti de saphirs et de rubis. Il n'emprunte pas l'ascenseur pour monter sur le pont supérieur. Il préfère gagner son poste de commandement en passant par les passerelles des ponts arrière. Il peut ainsi couler un regard dans les salons, où ont été édifiées des fontaines, et alignés des orangers. Un éden pour ses femmes. Elles sont là. Onze arabesques, avec, dans leurs yeux, l'invitation au doux voyage des mers corail.

Il en manque une. Elle ne reviendra jamais.

Qu'Allah soit grand et miséricordieux.

Le pont supérieur est, à cette heure, couvert par un toit coulissant. Le salon privé du maître, modulable, s'est transformé en salle de conférence ovale. Chacun a devant lui un écran en cristal liquide extraplat. Le *Tasnim* tourne le dos aux côtes somalies. Tous sont là. Une douzaine d'hommes jeunes. Eduqués dans les meilleures universités occidentales. Tous aujourd'hui simplement drapés de blanc. Pourtant, ils sont ministres, banquiers, grands du monde musulman. Recrutés au cours des deux dernières années par Omar Isam, ils savent qu'il est inutile de résister à la volonté de Dieu, à l'appel des peuples opprimés. Le Jihad des faibles est maintenant le leur.

Les émirs d'hier vivaient dans la piété et l'ignorance. Eux maîtrisent les nouvelles technologies, les réseaux financiers. Ils contrôlent l'approvisionnement énergétique de l'Occident. Ils ont investi partout. Ils savent tout de l'ennemi. Ils l'ont pénétré de toutes parts. Ils n'ont pas besoin d'ermitages, au fin fond de montagnes reculées, pour mener le combat. Ils ont les moyens pour corrompre, pour choisir, les meilleurs exécutants. Ceux sélectionnés par Omar Isam, entraînés dans de nouveaux sanctuaires ignorés par les Satans. Moins nombreux, mais une élite. Des machines à tuer. Quelles que soient les cibles. Ils n'auront pas besoin d'apocalypse pour vaincre les infidèles, juifs et croisés. La terreur suffira. Alors ils chasseront les monarques vendus aux mécréants, tous ces apostats, ils libéreront les terres saintes, et deviendront à leur tour, et pour tous leurs descendants, les Maîtres.

Cheikh Omar Isam, fils, petit-fils et arrière-petit-fils de princes et de voleurs bakils, prend sa place, au centre de ses frères saoudiens, pakistanais, égyptiens, malais, cachemiris, indonésiens, yéménites, qataris, bosniaques. La *shura majilis* de l'émir général a vécu. On ne se réunira plus dans le fin fond de grottes obscures. Ici sont rassemblés les fils bénis de Dieu.

Un large sourire, dans sa barbe parfaitement taillée, éclaire Cheikh Omar Isam.

– *Ceux d'Hier...* m'ont choisi.

191

Il les regarde tous les uns après les autres.

– Mes frères... nous avons les mains libres. Qu'Allah soit loué.

Il se lève. C'est aussi un imam, un chef spirituel. Cette nuit, il lancera la première de ses fatwas. Bali, Moscou n'étaient que l'Annonciation du nouveau Jihad.

Il appelle à la prière. Il est le Mahdi. L'envoyé du Tout-Puissant.

Au Nom de Dieu, le Tout-Miséricorde, le Miséricordieux
Quand va venir de Dieu le secours victorieux, l'ouverture...

Et, tout à coup.

Le Tonnerre.

Ils flirtent avec l'écume des vagues. Ils ont surgi de nulle part.

Deux F-18.

Rompent leur formation à l'arrière du *Tasnim*, cinglent à tribord et bâbord.

Le souffle des réacteurs.

Fait voler les pans de la tunique ébène de Cheikh Omar Isam.

Les chasseurs-bombardiers font demi-tour. Ils reviennent. Dans l'axe du yacht. On entend crier les femmes sur le pont inférieur.

Passage encore plus bas.

Puis disparaissent un horizon d'embruns.

Patrouille de routine.

L'Imam noir murmure :

– *Seigneur, j'implore ton Pardon.*

Chambre de confidentialité.
Brouillage anti-écoutes électroniques activé.
Quelque part dans l'ambassade de France. Moscou.

— Je ne sais pas.

Ce fut la réponse honnête du médecin-général Quillot à ma question : Remise sur pied dans quatre, cinq heures ?

— Ce n'est pas tant l'effet des gaz... Elle devait se trouver assez éloignée des bouches d'aération... Mais elle est épuisée... Et puis...

J'ai compris. Je réglerai ça plus tard.

Le toubib me pose une main complice sur l'épaule. Maintenant, il me faut du courage. Mais je suis prêt. J'entre dans la cage. Contre-mesures électroniques. La guerre froide est finie. Mais, à Moscou, aucun secret ne se perd.

On a allongé Yasmine sur un divan transporté là pour l'occasion. Elle est toujours sous perfusion. La secrétaire particulière de l'ambassadeur lui a trouvé un pull irlandais crème plus décent que le déguisement humiliant du FSB.

Elle ne me regarde même pas entrer. J'ai du mal à poser sur elle mon regard. Un fauteuil est installé en face du divan. Je préfère le déplacer sur le côté. Je joue la partition la plus importante de toute ma vie d'agent.

Je t'en supplie, Yasmine, aide-moi.

Je suis à présent assis. Elle s'est recroquevillée. Zoran, je réglerai ça plus tard. Nous demeurons longtemps ainsi. Sans nous observer. Sans nous parler. Chacun quelque part. Avec l'autre. Une avenue, petite putain outragée, sous la protection de la basilique de Vézelay, la valse des saris de Brick Lane, dans l'antichambre des enfers, chez Abdul Nawaz, crépuscule sur le Rif, le train Sarah de Juvisy, la mosquée de la rue Jean-Pierre-Timbaud, chez les imams dévoyés de France, une disquette avec un S, Sortilège pour Massoud, la boue et le sang, malédiction tchétchène, le murmure, et ton parfum insensé, Saint-Jean-des-Croisés.

Chacun quelque part. Puis tu as choisi un autre chemin. Je ne sais pas pourquoi. Mais j'ai peur que tu me l'avoues. Si tu le veux, nous resterons ainsi, juste nos mains réunies. Mais si nous ne parlons pas, tu n'échapperas pas à ton bourreau.

Ma guerrière est à genoux. Elle n'a plus envie. Notre première heure est un silence. Nous nous sommes dit seulement du bout de nos doigts, *pardon, merci.*

Ce n'était pas une patrouille de routine. Les senseurs des caméras électro-optiques des F-18 ont volé, dans un spectre magnétique très précis, des images parfaites du *Tasnim.* Les images ont été transmises en temps réel au Boeing E-3B *Sentry* de l'US Air Force, station Awacs, pour réception-transmission sur satellite espion KH-11. Les données sont centralisées immédiatement dans les ordinateurs du National Military Intelligence Production Center, Bolling Air Force Base, Washington DC, plus spécialement au bureau d'analyse d'imagerie.

Un signal sonore invite Ben Clark, agent d'interprétation de la Defence Intelligence Agency, à visualiser l'arrivée d'images source Air Force, cible Delta-Five-Kilo.

Une cible prioritaire. Dès le téléchargement des renseignements, un autre signal invite Clark à basculer le dossier vers un autre centre d'exploitation d'imagerie. Langley demande sa part de bonheur. Cela emmerde profondément Clark, mais il n'a pas le choix. Depuis le 11 septembre, le Président a décrété la CIA prioritaire.

Le dossier Delta-Five-Kilo 261002-1 7XS NMIPC-OIfE est téléchargé huit secondes plus tard par le Counterterrorist Center, département antiterroriste de la CIA. L'analyse est tout de suite partagée avec le département Moyen-Orient. Traitement transversal du renseignement.

Sur la console portable de Mary Conley apparaît le *Tasnim*. La résolution est parfaite. Le stockage numérisé des images a gommé le flou de la brume de mer.

– Vitesse maximale de ralenti.

Un homme, tout de noir drapé, est sorti précipitamment sur le pont supérieur. Son regard capte sans crainte le passage pirate du F-18 de l'US Navy.

– Sélection en mode reconnaissance vocale sur la silhouette principale.

– *Le visage maintenant.*

Traits pâles. Barbe yéménite.

Delta-Five-Kilo.

Moscou, les yeux de Yasmine vers moi.

C'est la première fois qu'elle me tutoie. Qu'elle m'appelle par mon prénom.

— Michel, s'il te plaît... j'ai si soif...

Comme tout à l'heure, dans les galeries de la Loubyanka, tout en moi s'emballe. Juste sa voix brisée, et tout recommence.

Elle boit à très longues goulées. Elle a préféré prendre cette bouteille d'une eau minérale gazeuse. Elle renverse sur son front basculé ce qu'elle n'a pas bu. Elle a envie de rire. Pas un rire nerveux, mais celui d'une jeune fille qui embrasse, à nouveau, un reflet de vie.

Elle sait où commencer son récit, le jour où, sur le cadran de notre pacte, tout s'est arrêté. Un 2 janvier, un cœur d'hiver, en pays ingouche, juste à la première heure du jour. Le plafond était très bas. Les Sukhoïs volaient à une altitude hors de toute portée de SAM-7. Le souffle des bombes incendiaires l'a jetée dans le fossé. Elle a perdu connaissance. Quand elle est revenue à elle, il faisait si froid, et puis ces cadavres tout autour d'elle. Elle ne reconnaissait plus personne. De la chair brûlée. Cette odeur, comme de l'essence, dont elle ne s'est jamais débarrassée. Ses effets personnels, son sac à dos s'étaient en partie volatilisés. Alors, elle a attendu le soir. Pour décider du seul combat qui valait.

Je sais. J'avais vu les martyrs d'Alkhan Kala.

Elle a rompu nos accords. Je ne peux pas lutter contre Dieu. Je ne peux plus arrêter le flot du récit. Qui s'en va en Palestine, effleure les murailles de Khartoum, colonne infernale au Cachemire, retour en pays pachtoun, offensive des croisés sur Kandahar, sur des chemins clandestins, zone tribale patan, immergée dans la foule de Karachi. Yémen, six mois plus tard, dans un désert où les montagnes sont hostiles. Un imam l'a choisie. Je ne l'interromps pas. Elle ne me parlera pas de lui. Pas maintenant. Union pour le pire.

Il est beau. C'est un seigneur.

Siège de la Central Intelligence Agency. Langley, Virginie.

Mary Conley demande l'accès prioritaire au dossier profil.

Trente secondes plus tard, la fiche apparaît sur l'écran. Une première note, en tête de dossier, synthétise soixante feuillets de recherches recoupées, huit cents pages d'archives. Treize mois de renseignement exhaustif.

Delta-Five-Kilo. Son client.

Cheikh Omar Isam Bin Khatabi.

1,81 m. Près de 75 kg. Brun. Yeux noirs. Souvent barbe courte (bouc). Pas de signes distinctifs.

Né certainement en 1972, peut-être en 1973. Originaire d'Al-Kharab, nord-est du Yémen. Il est l'un des vingt et un fils d'un chef de clan bakil, Cheikh Abdulah el-Safani Khatabi, qui a fait fortune d'abord en rançonnant les caravanes bédouines, puis a investi dans les équipements parapétroliers. Sa descendance a donné à l'Etat yéménite six généraux, trois ministres.

Le groupe Khatabi, en 2002, se partage entre l'Arabie Saoudite et le Yémen : trois banques d'affaires, deux compagnies pétrolières, deux compagnies de gestion de l'eau, licence exclusive de fabrication d'une marque internationalement reconnue de soda pour le Yémen, Oman et le Qatar. Usines pharmaceutiques au Kenya, exploitation pétrolière en Indonésie. Joint-ventures avec des *majors* américaines sur le pétrole en Azerbaïdjan et en Malaisie, société d'ingénierie de construction de pipe-lines, chantiers au Turkménistan, construction navale, fret portuaire, compagnie maritime de transport d'hydrocarbures.

Les Khatabi financent dix-sept ONG islamistes. Indonésie, Sri Lanka, Philippines, Tanzanie, Kenya, Somalie, Soudan, Bosnie, Kosovo, Caucase (notes 21/27).

Le conseil d'administration du groupe est dirigé, depuis la mort d'Abdulah, par Cheikh Omar Isam, le plus brillant de tous ses fils. Etudes au lycée français du Caire. Universités d'Oxford et d'Harvard. Parle sept langues. Très sportif : polo, marathon. Passion pour les chevaux de course. Haras à Dubaï. Erudit et religieux. Sunnite salafiste. Polygame.

Résidences connues : Londres, New York, Antibes (sud de la France), Saint-Moritz, Marrakech, Le Caire, Beyrouth, Djeddah, Médine, Riyad, Sanaa – voir adresses, plans et relevés satellites en annexe VI-B.

Cinq mariages croisés sur deux générations lient le clan Khatabi à la famille XXX.

L'étude financière (notes 1/19) du groupe Khatabi, de ses ramifications dans le monde musulman, et de ses participations dans les ONG islamistes, laisse supposer que Cheikh Omar Isam est le coordinateur financier de l'Organisation.

Le groupe 3 – DCI Counterterrorist Center – est missionné des investigations nécessaires à l'établissement des preuves. Pour objet d'action.

Mary Conley est l'agent pivot du groupe 3.

Elle regarde le *Tasnim* fendre l'océan. Elle entend presque rouler les vagues. Si loin de Langley. Cette année, octobre est gris sur la Virginie.

Moscou, ambassade de France.
C'est son Seigneur, c'est son *Keum*. Elle ne m'en parlera pas. Je n'en ai pas envie.

Nous marquons une pause. J'espère qu'elle pourra reprendre. J'essaie de mémoriser, puisque, comme je le lui ai promis, rien n'est enregistré. Elle vide une seconde bouteille d'eau minérale. J'ai envie d'appeler le toubib pour m'assurer qu'elle le peut. Mais si je m'absente, tout est peut-être fichu.

Elle s'est à nouveau murée. J'espère qu'elle ne retourne pas où je suis allé la chercher. Les aiguilles de ma montre indiquent que nous sommes pressés. Igor Zoran attend.

S'il le faut, il attendra.

– Ils m'ont demandé de revenir là-bas. C'était il y a trois mois. J'ai voyagé jusqu'à l'émir Baraïev avec des instructions. Avec des moyens financiers aussi. Ensuite, tout est allé très vite...

Elle coupe brusquement.

– ... les autres ?

– Je ne sais pas, Yasmine. Peut-être deux survivants du groupe avec toi.

– Mais les autres... tous les autres...

– Une centaine, peut-être plus, d'otages ont été tués. D'après le toubib, certainement le gaz...

– Mes sœurs... mes sœurs *boïvitchki* ?

Je secoue la tête. Elle est la seule rescapée des femmes kamikazes.

199

— Comment ça s'est passé ?

— Ils étaient là, tout proches de vous, tout au long de ces trois journées, ils ne vous ont jamais perdus de vue. Ils ont attaqué à cinq heures du matin. Ils ont diffusé les gaz par le système d'aération. Avec du C4, ils ont créé une brèche pour l'assaut dans la salle centrale, pendant que d'autres pénétraient par toutes les issues. Il y a eu peu de résistance. Aucune des femmes n'a eu le temps de se défendre.

Elle se prend la tête dans les mains.

— Nous ne pouvions rien négocier, reprend-elle. L'émir Movsar le savait. Il n'était là que pour tuer. Avec mes sœurs, nous demandions seulement le sacrifice. Elles pour se rapprocher de leurs hommes, de leurs frères, de leurs pères... moi pour me punir d'avoir cédé, un jour, à tout autre chose que Dieu.

Elle me le dit aussi avec les yeux.

— Je me suis trompée. J'ai su : quand Movsar a fait exécuter le premier otage. C'était une femme. J'ai vu son corps dans les toilettes. L'émir a fait faire le sale boulot par un jeune. Pour lui, c'était la première fois... Ce gamin a pleuré dans mes bras, tout au long de la seconde nuit. Je me suis alors dit que jamais je ne déclencherai le détonateur... Avec mes sœurs, on était là pour mourir, pas pour tuer. Elles ne se sont pas défendues...

Elle me demande à nouveau la main. Elle est maintenant plus apaisée, presque tendre. Elle n'a que vingt-sept ans.

— Et toi, Michel...

Elle s'aperçoit que plus rien ne va pour moi. Elle va chercher délicatement, au coin de l'œil, quelque chose que je veux dissimuler.

— Je suis allé là-bas, Yasmine.

J'ai tout dit.

— Mais... je n'avais jamais oublié tes yeux.

Elle cherche quelque chose sur sa gorge, sous le col cheminée de pure laine. Elle est rassurée.

— Ça marche... ce truc, tu crois ?

Tu as un jour sauvé un homme. Tu lui as permis de préparer une victoire qu'il n'a pas connue. Tu ne savais pas alors que tu serais, pendant ces jours de tonnerre, dans le camp opposé, sous la protection d'un même Dieu.

— Oui, ma belle : je crois que ça marche. J'en suis sûr.

— *Inch Allah...*

Je lui reprends les doigts. Je viens contre son visage. Presque contre sa bouche. J'ai envie.

— Yasmine, pour l'amour de tous les ciels, aide-nous. Aide tes frères à se libérer de tout ça. Aide-nous à arrêter les massacres. Aide-nous, Yasmine, à retrouver et la force... et surtout...

— ... la Foi.

10.

Rendez-vous avec Igor Zoran, parc Gorki.

Le temps s'est refroidi. Surtout le long de la Moskova, quand tombe la nuit. La neige qui vient, un peu en éclaireur de l'hiver précoce, juste quelques flocons égarés. Très légers. Papillons d'octobre.

Il est venu seul. En terrain neutre. Enfin presque. Comme je l'avais demandé. Ce soir, c'est un prince. Toque de cosaque en velours. Grands pans d'un manteau noir de cavalier kazakh sur ses bottes rutilantes. Il marche vers moi, en pleine quiétude. Je ne remarque personne de suspect autour. Mais il ne risque rien. Il ne me tend pas la main. Il conserve ses gants de cuir de parade d'officier supérieur, croisés dans son dos. C'est, de toutes les manières, inutile. Comme lui, je ne veux rien de plus. L'entretien se déroule en russe. Il commente sa tenue :

– Le Président me reçoit à dîner. Quand tout cela sera terminé, bien sûr... Il m'attend : il sait que c'est prioritaire pour la Nation et l'Etat. Il est très satisfait de la journée.

Bien sûr.

Zoran est impatient.

– Alors ?

– Alors...

Je respire un grand coup.

– C'est d'accord.

Rien ne bouge chez lui. Je continue :

– Elle sait où aller. Une *jama'at* est activée dans Moscou pour réceptionner les combattants rescapés. Ils ont des papiers pour elle. Et une filière pour l'exfiltrer. Turkménistan ou Ouzbékistan. Je gère la suite.

– Je m'étais pourtant laissé dire que vous étiez un agent réprouvé.

Je ne réponds pas.

– Que faites-vous ici, Montserrat ?

Je ne réponds pas.

– Vous l'aimez ?

Toujours pas.

– Vous aimez la *boïvitchka* ?

– Elle quitte l'ambassade dans une heure. Laissez-la disparaître. Je me charge du reste. Le jour venu, nos deux pays iront trouver, ensemble, celui que vous cherchez. Nous le punirons...

Je reprends mon souffle.

– Mais si... major-général... elle ne quitte jamais Moscou...

Il se moque de la menace. Je ne suis rien. Tant pis, je poursuis :

– Soyez certain que vous ne passerez pas l'hiver.

Il sourit.

– Enfin, major-général Zoran, quand tout cela sera terminé...

Il est presque hilare.

– ... ne cherchez jamais à la retrouver...

Je le sais, je le vois dans ses yeux. Pour toujours, *elle* est à lui. Pour toute réponse, il me tourne le dos. Je sais que, s'il le faut, pour terminer le travail inachevé, il ira la chercher en enfer.

Il s'éloigne lentement et, avant qu'il ne soit happé par la brume de la Moskova, j'entends derrière moi une voix de femme, me dire en français, avec un léger accent slave :

– Bonsoir, colonel.

Une vraie Russe, un soupçon d'Asie, dans un manteau de zibeline, très long. Bottines assez fines. Brune, avec quelques cheveux argent. Coupée au carré. Œil mauve en amande, lèvres ourlées, pommettes saillantes. Elle veut bien me tendre une main, un peu martiale.

– Colonel Jelena Kendjaïeva. Spetsgruppa Beta, unité contre-terroriste. Je suis votre officier de liaison. Pour l'opération de ce soir. Et pour les prochains mois. On me détache à Paris. Et partout où vous le voudrez.

Un bien joli colonel. Origine tadjik. Aux seuls ordres du major-général Zoran. Mais je suis ravi de lui serrer la main. Entre confrères. Le dernier métier qui vaille la peine, entre *gentlemen*.

Je frissonne.

Il est l'heure de sortir Yasmine. Encore l'exposer. Les yeux pers du colonel tadjik me donnent du courage. Yasmine est déjà prête.

11.

Golfe d'Aden, 12ᵉ parallèle nord.
Le crépuscule est un miroir de feu.

Il a demandé que l'on coupe les moteurs du *Tasnim*, que l'on fasse silence, les femmes ont été enfermées dans leurs cabines. Il ne veut voir personne sur les ponts. Il veut être le seul à communier avec le ciel, où les étoiles courtisent le soir. Il a demandé que chacun se réfugie dans la prière. Il se détourne quelques instants de Dieu pour se rapprocher d'elle.

Ma première fatwa sera pour toi, Yasmine. Dieu est le plus juste des justiciers.

Moscou, 21 heures.
Elle se prépare dans le bureau de l'Ambassadeur. Ils l'avaient piquée avec toutes les précautions, mais le médecin-général a nettoyé les microlésions des injections et de la perfusion, afin qu'elle soit la plus insoupçonnable pos-

sible. Elle doute cependant que les membres de la cellule d'exfiltration ne l'examinent réellement. Ils seront trop surpris, trop émus, de récupérer quelqu'un. Surtout elle. Ce ne sont pas des professionnels. Simplement une *jama'at* de logistique et de transport.

Le FSB a fait savoir aux médias que la chasse aux réseaux tchétchènes est ouverte. Il n'en est rien. Au contraire, Zoran protège toutes les cellules déjà sous surveillance, ou infiltrées, des interventions maladroites du MVD. La traque commencera quand Emeraude aura quitté la Russie.

Jamais je n'aurais pu imaginer m'oublier dans le parfum d'un colonel tadjik, qui s'approche de moi. Elle donne ses instructions codées sur un téléphone portable. Sa voix est précise, un peu sèche, mais parfois douce. Ils sont prêts.

Yasmine sortira dans un premier taxi par la sortie de service. Elle changera deux fois de véhicule. Si tout est clair, le troisième taxi la déposera à la station de métro Komsomalskaïa. Nous la laisserons disparaître. Une adresse Internet, consultable par les deux services, a été ouverte, une heure auparavant à peine. Quand Emeraude sera loin, dans le charme discret d'une République d'Asie centrale, elle nous enverra un petit mot : *From Russia with love.*

La suite me concerne. Nous sommes, entre nous, tous les deux, convenus du *modus operandi* des contacts électroniques ou physiques. J'ai confiance en sa prodigieuse mémoire des noms, des chiffres, des lieux.

Les portes capitonnées s'entrouvrent.

Elle n'est pas maquillée. On lui a trouvé une tenue

simple : jean, anorak, écharpe, chaussures de randonnée. Rien de trop. *Elle était aux toilettes du second étage, proche du bar, pendant l'assaut. Quant tout a commencé. Une otage qui voulait fuir est tombée devant elle. Dans un recoin protégé des gaz et de la fusillade autour du bar, où combattait encore Movsar, elle a réussi à se changer. Elle a été évacuée comme une otage, puis transférée à la clinique Sklifisovski, dont elle a réussi à s'extraire, avant les premiers soins, et, surtout, avant l'interrogatoire du MVD.*

Aussi, la tenue d'Emeraude sent la crasse, et la pisse. Elle est aussi maculée de taches brunes. Seulement le sang d'un gendarme volontaire. *Elle a cassé la moitié de ses ongles en cherchant à se rhabiller dans l'urgence.*

Elle n'est pas maquillée, elle ne sent pas bon, elle est épuisée. Elle vient dans mes bras. Et me glisse, juste, au creux de mon oreille :

– A bientôt.

Elle me tourne le dos. Jelena Kendjaïeva la prend en charge. Elle lui donne le bras pour affronter les premières marches du grand escalier de l'ambassade. Yasmine chancelle un peu. Comme elle sent que je me précipite, elle tend une main vers moi. *Ça va. Ça va aller.* Autour des deux femmes, les gendarmes sont attentifs. Personne ne croisera personne jusqu'au garage souterrain. Ensuite, ce sera Moscou, capitale hostile. La nuit.

C'est l'hiver. La température a subitement chuté. J'ai froid. Je descends sans regret dans la station de métro. Très propre. Impeccable comme tout le réseau métropolitain moscovite. On parvient très vite, par de grands accès monumentaux, au hall central de la station. Marbre jade orné de stuc partout. Panneaux gigantesques des héros du communisme. Komsomalskaïa. Encore beaucoup de passagers à cette heure.

C'est le moment.

Elle vient dans le sens inverse. Ce hall si vaste. *Je compte mes pas vers toi.* Elle m'a tout de suite repéré. Une *babouckha*, vraisemblablement une femme de ménage en retard, me bouscule sans ménagement. Nous nous rapprochons. Je me suis écarté du centre du hall tout en maintenant mon allure. Je marche plus vite qu'elle. Beaucoup plus vite. Je ne sais même pas si elle parviendra jusqu'aux quais. Je crains qu'elle ne trébuche. Elle est au bout. Elle reprend sa respiration un instant. Tout au bout d'elle-même.

Elle s'est arrêtée. Pose la main sur son cœur. Puis sur sa gorge.

J'ai besoin de toi. Nous avons besoin de toi. Va chercher, là où personne ne sait trouver, la force. Ne me regarde surtout pas. Ne me regarde pas. Reprends ton chemin. Zoran t'observe.

Ne sois pas faible. N'hésite pas. Zoran est aux aguets. Marche comme hier, à Roissy, quand tu partais pour ton long voyage. Tu vois, tu te souviens, j'étais là, aussi.

Et si tu ne reviens jamais, ma belle...

J'étais là, aussi. Tu m'as découvert. J'ai lu, dans tes yeux, quelque chose que je ne comprenais pas.

Et si tu ne reviens jamais...

Sur le souvenir de ton parfum de maître espionne, et de tes ombres, d'Essonne et d'Arabie, frontière ingouche, sur la canopée rebelle, constellations karens, jungle birmane, dans les griffes de Chien-Soon, le bandit chinois de Mo

Paeng, clinique de désintoxication à Bangkok, tendres infirmières thaïes, tempêtes irlandaises, fossé aux sorcières, veuves tchétchènes, je ne t'ai pas abandonnée.

Quand nous nous croisons, je crois, sur tes lèvres, lire, *Inch Allah*.

LIVRE III

Vous qui croyez, obéissez à Dieu et à son Envoyé...

Le Coran,
Sourate VIII, Verset 20.

1.

22 novembre 2002, 10 heures heure locale.
Mombasa, Kenya, terre de poésie et de beauté.

Les deux missiles approchent inexorablement. Deux points bleus incandescents verrouillés sur l'objectif, dans un ciel clair.

L'appareil commercial israélien a décollé cinq minutes plus tôt. Son commandant de bord n'a pas le temps de penser à la première prière du Talmud.

Flèches soudaines qui fusent à gauche et à droite.

Miracle.

Cinq minutes plus tard, au bord d'une plage d'Afrique, océan plat, chants et danses d'accueil kikuyus, la voiture kamikaze fracasse le lobby boisé de l'hôtel, déflagration, hurlements, flammes, pleurs et gémissements.

A la même heure, ou presque, le Hamas frappe sans pitié en territoires occupés. Le peuple d'Israël est en deuil.

Quand une tragédie de ce type intervient dans le monde, dans la plupart des pays occidentaux une procédure d'alerte exceptionnelle saisit les services de sécurité. Chaque seconde compte. Tout est exploité. La chaîne du renseignement est totale. Un cycle ininterrompu. Satellites d'observation KH américains, Hélios français, Cosmos russes. Interception électronique générale : Trumpet, Vortex et Orion déploient dans l'espace leurs parapluies de diamants. Pour transmission aux stations d'écoute de la NSA et du National SIGINT Operations Center. Et transfert du partage au Mossad.

Officiers traitants, sources, agents infiltrés, exploitants, analystes. Salle nodale des interceptions, NSA. Seulement les yeux et la parole, grands souks du Caire, ou Kasbah de Médine. Indiscrétions rémunérées à Islamabad. Echos de la mosquée de Finsbury, Londres. Crans d'arrêt de l'unité 269 Matkal, force spéciale ultra-confidentielle de Tsahal. Tout le monde est sur le pont.

Réunion d'urgence.
Conseil national de Sécurité, Maison Blanche, Washington DC, où il fait encore nuit.

Tous les patrons de la communauté américaine du renseignement arrivent les uns après les autres dans la salle du Conseil. Ils commencent, malheureusement, à s'habituer à ces convocations récurrentes. Le monde est un volcan.

Chacun est à présent installé. La conseillère nationale à la Sécurité n'est pas plus tendue que les autres fois. CIA,

NSA, DIA, FBI. Et les autres. Ils sont tous là. C'est une femme déterminée, pressée.

– Le Président s'est promis de faire un geste significatif envers Israël. Nous avons quoi ?

– Une cible qui se définit, madame.

Elle se tourne assez vivement vers le patron de la CIA, le DCI. Il a dans les mains un dossier que connaissent parfaitement ses homologues. Tous sont unanimes. Le DCI confie le document à un sergent des marines, qui le porte au centre de la longue table en acajou. Elle prend connaissance des premières pages, soupire un instant. Elle dévisage tout le comité.

– On en est sûr ?

– Encore quelques jours d'investigations. Nous avons tous des équipes dessus. Les opérations au Kenya ne sont que le début. Dès que nous saurons...

– ... *Il* vous donnera le feu vert. Ce sera immédiat... expire la conseillère.

– Je me permets de vous indiquer, madame, qu'un de nos agents de premier ordre est dans la région. Nous attendons son retour pour *debriefing* au milieu de la semaine prochaine.

Pas très précis, note-t-elle.

– J'ai confiance en elle, précise le DCI. C'est le meilleur élément du département antiterroriste.

Neuf fuseaux horaires plus à l'est. Dubaï.
Haras privés de la famille Khatabi.

Le vent du désert affole la coiffure auburn de Mary Conley. Dans ses jumelles, depuis la tribune centrale, elle

215

peut suivre le ballet des pur-sang dans les piscines de travail, là où ils musclent un peu plus leurs jambes.

Depuis son arrivée aux Emirats, Mary Conley est Susan McArthur, chroniqueuse pour *Vogue USA*.

Elle n'est pas disgracieuse, juste comme souvent les Américaines, un peu trop haute, et des épaules trop larges. Elle a un joli sourire naïf, éclairé par de grands éclats de taches de rousseur. Ses yeux dorés sont aiguisés. Elle prépare un papier sur les grands haras du Golfe. Ceux d'Omar Isam Bin Khatabi sont somptueux. Une oasis de providence aux portes d'un désert plat comme la main. Canicule.

Un cheval bai, d'une grande pureté, s'engage dans le long bassin.

– C'est la meilleure de mes pouliches, Miss McArthur. Elle doit remporter la Dubaï Cup en mars prochain...

La journaliste américaine émet une moue admirative.

– Et comment l'avez-vous baptisée, Cheikh Omar ?

Il s'est emparé de sa paire de jumelles. Le vent, qui balaie son keffieh immaculé, lui voile un peu la progression de sa championne.

– C'est un terme religieux, Miss McArthur. Que j'ai puisé du Grand Livre. Il signifie l'annonce d'une résurrection...

Aidée par les lads en habits traditionnels blancs qui, tout au long de la traversée du bassin, n'ont jamais lâché les longes de part et d'autre, la pouliche trotte, sur une rampe douce, hors de la piscine d'entraînement.

Extraite de l'eau, sa robe est rutilante.

– Elle se nomme...

Cheikh Omar Isam se mord la lèvre.

– ... *Fracassante*.

Assise en silence, sous un dais écru bédouin, aux côtés de son émir, dans un voile tout d'or brodé, la princesse a libéré son visage radieux.

Plein soleil.

C'est une splendeur.

2.

22 novembre 2002. Paris s'encanaille.

Le beaujolais, cette année, a goût de terre et de ferments, un vrai goût de vin. Il est assez tard, Paris s'enivre à bon compte. Un bistrot de Saint-Germain-des-Prés. Un goût de vin de paysan, rillettes d'oie, saucisson, et une ravissante jeune femme blonde, très apprêtée, qui a déjà plusieurs longueurs d'avance au compteur. Nous avons liquidé une première bouteille. Je lui avoue :

– J'ai gagné ce dîner dans un concours...

Elle a de l'avance sur le beaujolais, mais tient mieux la corde que moi. Question d'âge, peut-être.

– Vraiment... ?

Marie-Laure est un élément d'élite de la gendarmerie nationale. Je pense qu'elle tire beaucoup mieux que moi au Beretta. Ange gardien du Patron. Ce soir, cheveux déliés sur les épaules saillantes, regard clair de Bretonne, et sûrement de bien jolis seins. Légère tentation. Je lance une reconnaissance vers ses doigts qu'elle tend vers moi. Elle se laisse un peu capturer, mais, dans une grimace effrontée, m'avertit :

– Désolée, colonel, je n'aime pas les hommes...

Le monde a bien changé. Opération Tentation suspendue. Début de soirée avec une bonne copine.

Nous sortons du resto assez cassés. Elle accepte mon bisou dans le cou. Dommage, elle sent si bon. Mais bon... au revoir, *Calamity Jane*. Quelques pas plus tard, je suis à nouveau seul. Quand je traverse la rue Mazarine, un appel de phares derrière moi. Une berline sportive. Je connais la conductrice. Mon commissaire politique. L'intérieur de l'Audi est rempli de ce parfum sauvage, qui se marie à ses yeux mauves, à la nervosité de sa conduite.

– Déviations frivoles, et inconséquentes, avortées, colonel ?

– Affirmatif, camarade Kendjaïeva. Le charme n'opère plus.

J'ai l'impression qu'elle est ravie.

– Un dernier verre, camarade Kendjaïeva ? Chez vous ? Chez moi ?

Pour toute réponse elle me tend un message codé. Suite de chiffres. 00BK0-91-757-53301 – 2952 – 18F – 51W.

Je transcripte mentalement assez facilement le code alphanumérique : D'Emeraude à Jaguar-Zibeline. 25 novembre. 18 h 41. 31,5ᵉ parallèle nord, 8ᵉ latitude est. Mais je ne suis pas certain de la position exacte des coordonnées.

Nous franchissons déjà le pont Henri-IV. La furie tadjik est pressée.

– Vous avez de quoi vous changer, colonel Montserrat ? Quelque chose de plus léger ? Assez vite ? On aurait pu gagner du temps si votre portable était ouvert...

Une Bretonne très blonde, soirée beaujolais : je coupe tout.

– Un équipage nous attend à Villacoublay, conclut-elle. 31,5 parallèle-nord, 8ᵉ latitude-est. Royaume du Grand Commandeur des Croyants, portes de l'Atlas, Marrakech.

Nuit sur les plateaux du Khali. Frontière d'Oman.
Eclats et firmaments.

C'est un camp de toile bédouin. Les longues tentes noires s'allongent au creux de regs tourmentés. Le silence cajole la lune d'Arabie, miroir de déserts. Son attraction charme l'incandescence de grands feux nomades. L'on entend seulement chanter les étincelles dans le recueillement. Visages satinés. Lueur câline.

Cheikh Omar Isam détache un morceau de mouton grillé, tend le bras vers le ciel. Derrière lui, sur le bras d'un arbre fossile, à hauteur d'épaule, trois faucons participent au festin de leur prince. Avec son invitée, il festoie sous la voûte céleste. Myriades infinies d'insolence. Tous deux, face à face, parfois assis, ou allongés, sur des tapis bédouins.

Sous les tentes, disposées autour, tout n'est qu'opulence et chatoiement, où ondulent les silhouettes de femmes soumises, et nonchalantes, comme le rythme, languissant, des versets du Coran.

– « L'Heure approche, et la lune se fend, mais quand ils verraient un signe, ils s'en détourneraient, disant : "Magie passagère". »

Les yeux d'Omar Isam se sont fermés. Il est surpris, charmé.

– Où donc avez-vous appris cet arabe si pur, Miss McArthur ?

Il est intrigué.

– Et surtout, la lecture du Livre ?

Elle poursuit en arabe :

– Croyez-vous, Cheikh Omar, tous les Américains pleins d'ignorance ? Mes parents ont habité, pendant vingt ans, Le Caire. J'y ai grandi.

Les femmes s'inclinent vers le maître, en présentant, dans de grands plats cuivrés, le *mensaf.*

– Je ne crois pas les Américains ignorants. Mais je les crois incapables, seulement, d'apprécier... cela.

Il lève les yeux vers les constellations.

– Or c'est un grand mal, Miss McArthur, de ne pas savoir lire les joyaux du ciel. Toutes portent des noms arabes. Qu'Allah soit loué.

– « Lui qui disposa pour vous les étoiles afin que bien vous vous guidiez dans les ténèbres du continent... »

– « ... Et de la mer... »

– « Et nous avons frôlé le ciel et l'avons trouvé rempli de gardiens virulents, »

– « ... et de météores. »

Il savoure un thé brûlant en la dévisageant. Flamboiement, au bout de la nuit bédouine. Puis les dromadaires se sont éveillés. Plaintes rauques. Affolement. Les turbines d'un hélicoptère puissant s'emballent. Cheikh Omar Isam ne quitte pas le regard de Susan McArthur. Les faucons ont déployé, menaçants, leurs ailes tachetées de poivre. L'appareil décolle.

Quelqu'un s'en va.

Très lentement, l'écho des rotors s'assourdit. Profondeur,

pierre et sable. Oubli. Le silence retombe. L'Américaine a baissé ses yeux d'or.

Révélation.

Ne faiblissez pas dans votre désir de l'ennemi.

Base aérienne 107. Villacoublay. Vigilance des sentinelles.

Dans le Mystère 20, Jelena Kendjaïeva se détend. Elle relâche ses longues jambes bottées. Etudie sa nouvelle identité : Milena Stoikhovka, femme d'affaires bulgare, commerce du gaz et de l'énergie. *Trader* surmenée. Vacances méritées.

Mon nouveau passeport est plus usé que le sien, une couverture ancienne déjà utilisée à Madagascar. Pierre Lombard, professeur d'histoire au collège professionnel de Mantes-la-Jolie. Vacances beaucoup plus méritées. Tout oublier à Marrakech.

La direction des Opérations, très en forme, nous a concocté un programme léché. Le Mystère 20 dépose Pierre sur la base d'Orange. Il prendra, à Marseille, un vol Air France le lendemain matin, escale à Rabat, puis Royal Air Maroc jusqu'à Marrakech. Milena est transportée jusqu'à Madrid, pour vol direct sur jet d'une compagnie privée ibère. Les Russes paient la facture. Pierre descendra au Gallia, un bon rapport qualité-prix, Milena à la Maison arabe où les suites sur le jardin sont somptueuses. Le monde est injuste. Platinium American Express contre budget très restreint.

Le Mystère 20 vire vers le sud. Elle décompresse, dédaigne le plateau-repas du Cotam. Madame est difficile.

– Désolé, camarade, pas de *plov* à bord...

Le plat traditionnel tadjik. En fait, j'ai beaucoup de mal à la dérider. C'est une professionnelle aguerrie, toujours en mission. Mes sarcasmes tombent souvent à plat. Ancien officier de renseignement de la 201ᵉ division à Douchanbe, sa mère est turkmène, ascendances mongoles, née en Ouzbékistan, dans une ville aux dômes bleus de Tamerlan, conquise par Iskandar, étripée par Gengis Khan. Son père est un Pamiri de Kharog, cité égarée du Haut-Badakhchan, refuge, avant les à-pics et les précipices, des adorateurs chiites de l'Aga Khan.

Jelena Kendjaïeva est un concentré d'Asie centrale. Elle en a aussi le caractère. Bien des épices d'Orient. Inaccessible et méprisante, séductrice et enchanteresse, je me suis promis, en vain, de déployer une cour impuissante. Mais mon cirque la divertit rarement plus de cinq minutes. Elle épluche, sans un regard pour moi, le dossier Milena, les notes sur Marrakech.

Tu verras, Jelena, cela ressemble aux oasis du Pamir, au pied des Himalayas.

La douceur en plus.

3.

25 novembre, 18 h 41, Marrakech,
quartier du Guéliz, boulevard Mohammed-V.

La carte bleue de Pierre Lombard est débitée depuis trois minutes. La connexion sera brève. Tous les écrans du cyber-café sont occupés. Heureusement, une belle femme, grande, racée, avec dans les yeux un zeste de Samarcande, a libéré son poste à 18 h 37.

Adresse : *lomblajolie@yahoo.com.*

Mot de passe pour accès : Magellan4TM.

Forum de discussion. Message de *Vipère au Poing* pour *Bel-Ami*. Alphabet de chiffrement.

Une minute pour mémoriser.

Je n'y parviens plus. Lettres en vrac. Il me manque toujours un mot. Je cherche une suite logique, un élément de cohérence pour la mémoire visuelle. Vite.

Trois heures plus tard.
La Koutoubia resplendit de tous ses feux.
Elle s'est voilée. Ce n'est pas naturel, pour elle. A Kharog, marche du Pamir, les femmes chiites d'Ismaël dans leur provocante beauté, tannées par des soleils continentaux, offrent leur visage aux yeux de tous.
Elle quitte la Maison arabe dans un saroual ivoire. La mosquée contournée, juste avant d'emprunter la rue de Bab-Doukkala, et de pénétrer dans la médina, elle croise le voile amande sur le bas de son visage. Elle a reconnu, cet après-midi, la première partie de son parcours. Chemins détournés, mosquée Mouassine, crochet furtif vers le souk aux esclaves, retour sur le Ksour.
Sa démarche, droite et apaisée, est celle d'une femme arabe. Elle accroche, dans la fumée de tabacs bruns et âpres, le désir des hommes. Les artères de la médina, dans le Ksour, le soir, sont parcourues de *raï*, et du rire des enfants. Beaucoup de joie monte ici et là, nuits de ramadan. Les ruelles sont d'abord larges, mais quand on s'aventure dans le labyrinthe, le mystère les étrangle. L'ombre se fait reine. Elle marche comme une femme arabe.
Pourtant, c'est une Persane.
Elle ne regarde jamais derrière elle, se fie à son oreille. Elle n'entend rien dans son dos. Elle monte quelques marches. Lourd battant argent d'une porte saadienne. Les pans du saroual s'évanouissent dans un *riyad* interdit. On entend seulement chanter une fontaine lointaine.
Jelena Kendjaïeva ne doute de rien. Faute de sécurité. Elle oublie que, silencieux, couleur muraille, yeux marrakchis, les espions sont partout.

225

Heathrow Airport.
Escale du vol d'Emirates Airlines pour New York
en provenance de Dubaï.
Susan McArthur ne réprime pas son bâillement. Une bonne moitié des passagers est descendue à Londres. Elle ne supporte plus ces longs vols qui s'étirent entre le jour et la nuit, d'est en ouest. Méchant jet-lag. Elle cesse de tapoter sur son ordinateur portable. Elle l'éteint, le ferme. Elle a besoin de marcher dans les coursives de l'Airbus. Il y a aussi maintenant moins d'attente pour accéder aux toilettes. Elle demande pardon à sa voisine. Et si la classe affaires d'Emirates est spacieuse, elle doit tout de même enjamber cette jeune Saoudienne, qui n'a pas entretenu de conversation depuis le décollage.

Susan se dégage de sa travée. En prenant soin de glisser dans son pantalon le chemisier qui lui pend dans le dos, elle se dirige vers l'arrière de l'appareil. Elle tourne le dos à un steward arabe à la peau très sombre. Origine omanaise ou yéménite. Elle ne peut pas le voir cligner des yeux.

En une fraction de seconde, la jeune étudiante saoudienne connecte son portable sur celui de Susan. Systèmes d'ouverture et de consultation surprotégés. Codes inviolables. Pas pour les meilleurs des pirates. Algorithmes brisés. Systèmes symétriques cassés. Décryptage sauvage.

Mary Conley ne doute de rien. Faute de sécurité.

Parois monolithes de grès. Vertiges et chaos.
Inaccessible pays bakil. Nord du Yémen.
Le téléchargement s'effectue en temps réel.

L'Imam noir s'écarte du vide. Au-dessus des grands surplombs, s'éprennent la Voie lactée, et son escorte, Bételgeuse, Aldébaran, Menkar, les étoiles portent toutes des noms arabes. Puis, sur ce palier d'aven fantomatique, il s'assoit en tailleur. Retour sur investissements faramineux. Saqar, cerveau électronique prodigieux, conçu par les meilleurs experts fondamentalistes formés en Occident, produit de l'or. Le logiciel américain de cryptement Norton for Your Eyes Only est à genoux.

Son écran s'emplit de chiffres et de mots. Partout, il est question de lui. Traque infidèle.

Au nom de Dieu, le Tout-Miséricorde, le Miséricordieux
Donne-moi le temps.

4.

Bel-Ami cherche Vipère au Poing.
26 novembre, à l'heure de l'appel à la première prière.

Medersa ben Youssef, école coranique éternelle. Zéliges.
Epigrammes. Dithyrambes. Entrelacs. Plafond de cèdre.
Marbre blanc. Rien n'a changé depuis les temps mérinides.
Tu es là.
Deuxième étage. Septième patio.
Il n'y a pas encore de touristes. Le premier soleil trans-
perce les puits de lumière. J'ai quitté l'ombre de toi-même,
empoisonnée au Fentanyl, souillée. Tu titubais, un mois à
peine, *boïvitchka*, dans la toile d'araignée, nous étions en
hiver.
Septième patio, dernière cellule. Tu es là. Magnificence.
Je me cale sur le banc en pierre. Ici, personne ne peut
nous surprendre. Nous prenons le temps de nous retrouver.
Comme chaque fois, toujours dans l'ombre, souvent masqués, seulement une parenthèse, la peur au ventre, et puis,
ce plaisir, Yasmine, d'entendre sonner ta voix claire. *Salaam.*

Je l'effleure. Mais je le sens. Elle ne souhaite pas que je vienne plus vers elle. Distance. Frustration. Instinct. Animale, concise, Emeraude est de retour.

En novembre, à Marrakech serti des neiges de l'Atlas, elle est venue rémunérer des tueurs. Militaires saoudiens. Des professionnels. Deux généraux. Et trois équipages. Pilotes de chasse, dont elle ignore la mission finale. Mais elle saura. L'Organisation l'a, maintenant, placée au plus haut rang. Bientôt, très bientôt, elle me livrera celui que nous recherchons tous, le nouveau commanditaire.

Dans cette cellule spartiate d'étudiant, où étaient récités l'*ilm* et l'*adab*, notre rendez-vous clandestin n'a pas excédé seize minutes. La medersa s'emplit de voix, de pas. Danger pour nous deux. Elle s'éclipsera par une issue secondaire. Je prendrai la direction de la Koubba.

Mais avant de nous quitter, Yasmine, j'ai un présent pour toi. Une adresse dans la médina. Un *riyad* hostile, poste de commandement ennemi. Un nid de salauds.

La braise dans les yeux d'Emeraude. Avec l'index droit, elle trace une ligne effilée, le long d'une cicatrice oubliée, de part et d'autre de la gorge. Reflets du levant sur notre talisman.

Ma Sultane, je te donne Igor Zoran.

5.

Dans la Kasbah, 26 novembre, 11 h 02.
Palais El-Badi, fastes de poussière.

Sur les hautes murailles ocre de l'ancienne citadelle, des nuées de cigognes. Je progresse dans un alignement de citronniers, sur la perspective du grand bassin. Le palais portait l'un des noms de Dieu.

Je suis un touriste éclairé : deux guides dans la main, quelques prises photographiques sélectionnées, un carnet où je laisse des notes. Je suis presque seul. Un nuage s'efface, le soleil frappe à l'est le minaret de la mosquée aux Pommes d'or.

Une demi-heure auparavant, j'étais encore sur la terrasse du Café de France. Pour, seul, décider. Les renseignements d'Emeraude sont un dilemme. L'importance de l'information menace l'opération *Eternité*. Le pouvoir politique ne va pas assumer le risque d'attendre le prochain rendez-vous avec mon agent. Pilotes de chasse saoudiens. Cela signifie un carton de premier ordre. N'importe où. Le contact de

230

Yasmine est fixé pour ce soir. Si je lâche le morceau, dans trois heures le pays est bouclé. Les services de sécurité du Roi mithridatiseront le paysage. Personne ne passera au travers des mailles du filet. Un attentat de grande envergure sera, à coup sûr, déjoué, mais la dernière mission d'Emeraude sacrifiée.

Tout peut prendre fin maintenant. Ce soir, Yasmine, nous pourrions être de retour au pays. Escamotage d'agent infiltré. Programme prioritaire de protection. Métamorphose d'existence.

Nos rendez-vous manqueront de pénombre, mais tu ne joueras plus ta vie, comme tout à l'heure, dans la confession de la medersa.

J'ai siroté, en prenant tout mon temps, je ne sais combien de verres de thé à la menthe. La balance des périls penchait vers le mensonge. Ou, plutôt, la dissimulation. Pilotes de chasse saoudiens deviennent : Saoudiens. Opération périphérique, avant le Grand Jeu. Laisser se démêler le fil d'Ariane. Et attendre la dernière confidence. Pour enfin cibler. Prochain rendez-vous au Caire.

J'ai parié. Sur le seul talent d'Emeraude. Sur l'essentiel entre elle et moi. Comme au premier matin. L'essentiel. La *confiance* ?

Ruines du palais d'El-Badi. Souterrains d'Ahmed el-Mansour, *le Magnifique*. Je croise un jeune homme, affidé diligent, dans une gandoura écrue. Une livraison de quelques renseignements, sur un site ciblé.

— ... Ils ne sont pas sortis. Deux servantes les ravitaillent en produits frais. Fruits et légumes. Pas de graisse. En comprenant le chef, ils sont cinq. Impossible de savoir s'ils sont équipés. Une parabole est installée sur le toit. Ils n'ont pas fait venir de femmes. On n'entend pas le son de leurs voix...

Cela me suffit, *choukrane*.

Je m'enfonce maintenant dans le mellah. Le calme est ramadan dans les venelles. Le temps rapte celui qui se perd dans le dédale. Impasse, à l'ombre du palais du Roi. Porte de cèdre, inscriptions en cursives, caractères coufiques. Je frappe. Quelques instants suspendus. L'œil caché d'un système de surveillance de temps reculés.

On m'ouvre.

Obscurité et fraîcheur. Un homme avec une oreillette transmet l'information. L'un des éléments du Service Action que j'ai personnellement sélectionnés pour couvrir *Eternité*.

Riyad clandestin. Repaire à Marrakech des services secrets français. Bienveillance et hospitalité royales. Murmure d'une source ombragée. Derrière le moucharabieh andalou, on m'observe. Yeux pers. Curiosité espionne. Elle se joint à moi dans le jardin. Eden passager. Elle se fait plus courtisane. Le colonel Jelena Kendjaïeva, parfois, varie.

Je conforte l'agent du FSB. Je lui mens. J'ai bien pesé les conséquences. Si je me trompe, je deviens le complice d'un crime majeur. Jelena tente de puiser, au recoin de mes lèvres, la vérité. Je crains qu'entre nous deux ne subsistent toujours la part d'un soupçon, et surtout le plaisir, accessoire et irrépressible, de manipuler l'autre. Dans l'amande de son regard saillant, sur une route imaginaire de la Soie, j'applique la leçon de mes vieux maîtres : mentir en souriant avec les seuls yeux.

J'ai vu Emeraude. Le grand soir est pour plus tard. Rendez-vous au Caire.

Le jour s'avance. Un oued paisible.
Versant septentrional de l'Atlas.

Ksar imprenable. Remparts alaouites. Résidence fortifiée, où les murs sont si épais, où chuchotent les sentinelles et, au plus profond des entrailles de la demeure de l'Imam noir, le soupir du sérail.

Ils sont tous là. Parvenus par des routes séparées, ils repartiront par des correspondances opposées. Mercenaires et croyants, ils viennent quérir le chemin de Dieu. Ils ont été entraînés dans les meilleures écoles de chasse. Dijon, Nellis AFB, ou ailleurs. Ils ont reçu la même instruction que les pilotes croisés. Ils chevauchent l'impureté. Ils sont, sous la menace armée d'hommes masqués en tuniques noires, à genoux, sur la pierre éternellement froide de la salle aux tombeaux.

Dans un caftan pourpre, les poignets couverts de bracelets en argent ciselé, voilée, avec sur le front un diadème en lapis-lazuli et turquoises, la sultane tchétchène apparaît.

Dans la crainte, la révérence et le respect, on la dénomme maintenant ainsi dans l'Organisation. Elle est la voix du Mahdi. Elle exécute les fatwas. Dans le silence absolu, elle s'exprimera d'une voix douce. Et quand, seulement, elle aura fini de montrer le chemin, ils imploreront le Tout-Puissant. Invocations sans retour.

Quand la terre sera secouée de son secouement.

C'est bientôt la fin du jour. La luminosité est pastel sur le bassin de la Ménara, et coule plus à l'est sur les murailles de Marrakech.

Harmonie, autour du Pavillon sur l'eau, là où le sultan noyait ses promesses. Promenades amoureuses tardives.

Confiance ? J'ai si peu affleuré le grain de ta peau tout à l'heure. Réticence. Ne t'égare pas, Emeraude, dans la voix, la malédiction, de guides et d'idoles.

De grandes carpes viennent happer les insectes du soir, sur la surface à présent assombrie du bassin. Spectres des soumises précipitées ?

Une voix de femme, amie-ennemie, tout contre moi :

– *Kidéïr*, Michel ?

Accent slave, charme perse. La lumière épouse encore ses épaules. Un colonel tadjik, la plus resplendissante des femmes, dans le couchant des jardins de la Ménara.

– Vous me faites suivre, Jelena ? Bien vilain défaut...

– Réflexes conditionnés, Michel... Vous êtes sorti seul d'une medersa ce matin. Vous étiez soucieux. Comme ce soir...

Elle vient plus contre moi. Elle ajoute :

– ... Une femme ?

Je lui caresse un cil. Battements d'ailes.

Ne retourne pas vers ton maître cette nuit, Jelena. Reste avec moi. Ne retourne pas vers lui. C'est dangereux.

La Tête du cobra

Dans l'enceinte criminelle, sur les flancs de montagnes couvertes de nuit.

Elle entend se préparer les hommes, la résonance de leurs pas, l'écho de leurs prières.

Abou, son esclave yéménite, affûte la lame-miroir de son poignard. Ils forment son armée infernale, une résurgence de temps anciens.

Ils ont le visage d'Iblis. Ils réclament vengeance. Impitoyables aux suppliques. Assassins.

6.

Sur les toits de la médina.
Minuit sommeille avec Satan.

Ils sont invisibles. Vont de toit en toit. Rien n'éclaire, pas même la Galactée, leur progression. Ils font l'amour à la nuit, et, seuls sifflent des filins, comme des lianes d'acier.

Eveil sensitif brutal.
Un bruit. Un homme ? Une bête ? Jelena s'est endormie sur moi. Le rythme de mes pulsations ralentit petit à petit. Je suis aux aguets, mais calme est la nuit sur la palmeraie. Si doux les seins de ma partenaire. Nous avons trouvé refuge ici, un havre chic et discret, hors de l'enceinte de la ville. Le feu agonise dans la cheminée. Et quand elle dort, elle sourit. Retour au Pamir d'hier. Frontières de l'Empire. Je descends mes mains sur ses fesses musclées. Rien ne la réveille.

L'Atlas est souverain sur la vallée où seront punis les monstres.

Je pense à toi, Michel.

La silhouette d'un spectre pourpre, princesse d'islam, hante les sentiers de sentinelles. Elle donne ses yeux si noirs à la lune. Elle se souvient, comme hier. Quand ils ont surgi. Elle n'a pas oublié ses sœurs. Elles ont été abattues dans la léthargie, et celles qui ne sont pas tombées tout de suite ont succombé à la sauvagerie. L'hémoglobine et le vomi. Ils étaient masqués, et ne protégeaient pas même les otages. La sauvagerie, comme là-bas, sur les portes de tous les enfers.

Je pense à toi, Michel. L'émeraude est toujours là, sur ma gorge. Mes Assassins sont la main de Dieu.

La sultane se tourne vers les lueurs de la grande oasis. Elle perçoit l'orage nocturne qui tonne dans l'Atlas. Une main frôle sa nuque. Tout son corps est pris d'un long frisson. Ce n'est pas un fantôme de la salle aux tombeaux. Il croise ses mains sur son ventre. Elle reconnaît ce parfum, composé, pour son seul homme, à Saint-Paul-de-Vence. L'ambre et le jasmin. Les ténèbres et la lumière. Le cobra et l'émeraude. Il murmure son prénom. La foudre claque sur les sommets. Il lui parle sereinement, ses mots sont entrecoupés de baisers à la base de ses cheveux. Cheikh Omar Isam n'évoque plus le Dieu Tout-Puissant, et cite seulement le Livre, pour dire à sa promise, dans la tendresse du vent qui vient, tout son amour.

Yasmine renverse son visage vers la nuit désormais sans fin. Et se voile la lune, comme pour aveugler, dans le *riyad* maudit, la vigilance ennemie.

La Tête du cobra

S'Il laissait Sa parole s'accomplir, la Géhenne s'emplirait de djinns...

Ils défient le vide. Ils s'insinuent partout. Ils sont la pénombre. Maintenant, ils sont sur la cible.

C'est son tour de garde. Vlad, tueur patenté, officier de sécurité et exécuteur personnel du major-général Igor Zoran, n'entend rien, ne voit rien. Son cou est une cascade bouillonnante. Il tombe à genoux. Lentement, la tête s'affaisse sur le torse, puis vient impurement maculer le *tadlack*, qui se pare d'un sang encore très liquide, qu'Abou recueille au creux de la main, et dont il se repaît.

Le *riyad* est investi. Personne n'a le temps de crier. L'égorgement est un art oriental. Pas de survivant. Encore un qui respire. Offert au supplice. Les Assassins comptent les gisants. Il en manque un.

Elle dort, mais il lui fait l'amour.

Les jumelles à infrarouges de vision nocturne sont précises. Dans les yeux révulsés du voyeur, camouflé dans la luxuriance de l'oasis, Jelena Kendjaïeva se donne à l'officier français. Les dattiers bruissent du vent qui se lève. Souffle de désert.

Igor Zoran est en colère.

7.

Rendez-vous au Caire.

2 décembre, 16 h 02.
Brume de chaleur, chape de pollution. Capitale arabe.
Khan el-Khalili, grand souk du Caire. Sous la protection
des minarets de la mosquée El-Hussein. Caravansérail.
Effervescence. Parfum d'épices, éclat des cuivres. Labyrinthe mamelouk et ottoman. La foule est compacte et
joyeuse. Le Khan est la vie.

Je suis assis depuis deux heures, au Café des Miroirs.

Elle n'est pas là. J'attends, maintenant, depuis trop longtemps. Avec, comme toujours, cette appréhension qui
m'étreint lorsqu'il s'agit d'*elle*.

Je demande à un jeune loufiat qui virevolte :

– *Moumkem lehsab men fadlak ?*

Il me rétorque en français :

– C'est réglé, monsieur.

Dans mon verre, où sèchent déjà les feuilles de menthe,
il a glissé un papier roulé. Message alphanumérique d'Eme-

239

raude. Méfiance. Elle a raison. Elle a raté Zoran. L'inverse n'est pas certain.

Ce soir, je reprends un avion. Je ne vais pas très loin. Franchir Suez, le Sinaï, la mer Morte. Atterrissage à Amman. Queen Alia International Airport. Visite chez Hertz. Nuit dans un hôtel de passage, dans une ville-carrefour, sur la route des Rois.

Le rendez-vous est fixé au lendemain. 12 h 09, heure jordanienne.

Forteresse croisée de Kerak. Remparts orgueilleux.

Soleil zénithal. Dans les griffes de Saladin, se dresse le repaire de Renaud de Châtillon, pilleur de caravanes.

Le front ouest de la citadelle plonge sur le wadi Karak. Un grand souffle du Sud, empreint de mer Rouge, et de poussière ocre du wadi Rum, traverse l'ancien royaume de Moab.

Ses cheveux sont une crinière enflammée. Une lionne. Ils sont pris par ce courant d'air chaud, qui assèche les lèvres. Je ne comprends pas ce rendez-vous au grand jour dans un krak d'outre-Jourdain.

Elle m'attend à la poterne, au bout des remparts.

On nous épie. Ils ne se cachent même pas. Entre le précipice du wadi et la muraille croisée, je ne peux plus reculer.

Elle porte un grand manteau de cuir de mouton, une jupe-culotte de daim. Elle a relevé ses lunettes de soleil dans ses cheveux ainsi tenus. Je ne l'avais pas remarqué, dans l'intimité de la medersa. Mais elle a vieilli. Ses yeux ont toujours le même éclat. Elle ne veut pas. Je ne peux pas l'embrasser, sous le regard vigilant d'hommes inconnus.

– Ne sois pas inquiet, Michel... Ma garde personnelle. Ils me sont dévoués comme personne. Nous ne formons qu'un.

Emeraude n'est plus un agent, c'est un seigneur de guerre. Elle me met en danger. Je rebrousse chemin. Un homme chauve, barbiche taillée, charpenté, au teint cuivre très foncé, me coupe la seule issue. C'est un colosse. Je ne suis pas à la hauteur. Elle a posé une main sur mon épaule droite.

– Le général kazakh me trouvera un jour... Il n'abandonnera pas. Ils sont...

Elle lance les yeux vers les murailles.

– ... avec toi... ma seule ressource.

Je la prends par la taille. Yasmine a grandi dans une cité qui domine l'Essonne. Ce jour, elle est maîtresse de l'espace arabe, et des âmes perdues.

– J'ai voulu te parler ici, Michel, sur le plus beau des bastions de France en Orient... où les chevaliers francs ont préféré la reddition à la famine, ajoute-t-elle.

Déjà bien des faiblesses pour les guerriers infidèles.

– Michel...

Le vent claque dans les pans de nos manteaux.

– Dans quelques jours, tout sera terminé.

Est-ce un abandon ou un mensonge ? Emeraude, femme kamikaze tchétchène, tremblotante à Vézelay, sage étudiante à la British Library, rescapée des enfers de la Loubyanka, tu ne peux me tromper.

*Très tôt le matin. Bureau du DCI,
siège de la Central Intelligence Agency.*

Réunion pour formatage d'opération spéciale. Le DCI, assisté du DDO, directeur adjoint aux Opérations, de celui du contre-terrorisme, du responsable du support militaire, et, en bout de table, sous le drapeau américain, la seule femme du groupe, l'agent Mary Conley. Le briefing s'achève. Le DCI semble préoccupé.

– Mary, vous êtes certaine ?

Elle hoche positivement le menton. Avec regret. Le Directeur a refermé le dossier Delta-Five-Kilo. Il ne se résout pas à clore la question Oryx. Il en fait une question de principe. L'agent Conley insiste :

– Je suis désolée, George, mais nous commettrions une erreur irréparable...

Le DCI n'a jamais pris une telle décision. Il botte en touche.

– Je m'en remettrai au Président...

Cas de conscience. Education, morale judéo-chrétiennes. Conley complète :

– ... de ne pas la tuer.

Les hommes, autour de la table, baissent les yeux. Elle tape du poing sur le meuble. Subitement.

– Réveillez-vous ! Elle est son bras armé !

Ils sursautent. Révolté, le DCI tend nerveusement le dossier Oryx à Mary Conley.

– Comme vous l'entendez, agent Conley... Vous m'accompagnez à Washington demain matin pour le briefing TOP SECRET/CODE. A charge pour vous de le persuader.

Le Président n'a jamais sursis, dans sa carrière, à la moindre exécution.

Elle reprend d'une voix douce :

– Je suis sincèrement consternée d'avoir raison... Nous allons le rendre fou. Il commettra des erreurs. Nous démantèlerons le réseau... Il l'aime. La douleur d'un homme amoureux est irrationnelle...

L'élimination d'Oryx est décrétée. Personne au sein de cette administration n'aime ce procédé. Les regards sont lourds sur Mary Conley. Comment une femme peut-elle condamner une autre femme ? L'agent Conley se sent brutalement seule. Elle entend, encore, s'éloigner l'hélicoptère de la princesse Bin Khatabi. L'écho du rotor résonne en elle comme la somme de toutes les terreurs.

Mary Conley prend sa tête entre ses mains. Et prie pour *elle*.

Kerak, avant un dernier au revoir.

Elle s'apprête à me quitter sur la crête crénelée d'un château d'envahisseurs cruels, vestige d'un monde chrétien conquérant. Elle a tenu parole. La course, contre le temps qui s'écoule, commence.

Je le connais. Il prêchait, solitaire, dans les caves squattées des Tarterêts. Il a le teint mat. Il est très brun. Il lui a pris la main sur les quais d'une gare de RER.

Le Guide des cités. Maintenant, l'Imam noir.

Je n'ignore rien de ses projets.

Dans l'ombre d'un garde du corps menaçant, Yasmine s'éloigne. Elle a chaussé ses lunettes de soleil. Dernière rafale de vent.

La rue centrale de Kerak est un cloaque. Passé la statue de Saladin, j'ai plongé sous les murs presque concaves du front est. Au premier embranchement, j'ai pris la route du nord. Je roule vite. J'hésite à bifurquer vers la Desert Highway, rectiligne, mais surchargée des convois de camions, qui remontent d'Aqaba sur la route d'Amman et de Bagdad. Je n'ai pas le droit de gaspiller la moindre minute.

Je choisis l'option du désert. Un vrombissement m'accompagne. Un hélicoptère Dauphin, gris et sable, suit la parallèle de la route sur ma gauche.

Elle lève la main, comme pour me dire au revoir.

L'hélicoptère vire au sud, contre le vent, vers le grand désert bédouin. Cœur des révoltes arabes.

8.

Sept ans plus tôt.
11 juillet 1995. Srebrenica, Bosnie.

Massacres.

Une femme a enveloppé son fils dans sa robe. Elle fuit. Les bois sont devenus l'enfer où la main du diable épand les cadavres. Son enfant dans les bras, elle a sauté en marche du camion. Les soûlards de Serbes n'ont rien vu. Elle débouche dans une clairière ouverte sur un carnage. Des hommes. Sur le ventre. Sur le dos. Recroquevillés. Une balle dans la nuque. Une balle dans le ventre. Dans le crâne. Visages fissurés. Gorges ouvertes. Parfois un murmure, une prière dans l'agonie.

Là-bas, un corps remue encore. Elle a peur, mais c'est peut-être son frère, son homme ou son père. Les pupilles dilatées, nausées compulsives, elle se rapproche. Le corps qui a bougé se dresse tout à coup. Un géant en uniforme camouflé. Le visage couvert de terre. Peintures de guerre. Celles du démon.

Elle hurle. Elle lâche son enfant. Un homme, derrière elle, lui ceinture les bras. Une main qui sent l'humus se plaque sur ses lèvres. Elle tente de mordre. Le géant s'approche d'elle. Il est tête nue. Un bandeau noir ceint son front assez haut. Alors, sur la bouche de cet homme immense, elle croit lire autre chose que de la cruauté, de la haine ou la pulsion de violer. Son uniforme ressemble aux tenues serbes. Mais son équipement est sophistiqué. Un appareil photographique, ou quelque chose qui y ressemble, pend sur son torse. Il sourit pour l'apaiser. Recueille son jeune fils dans ses bras. Elle pourrait être aux mains de l'ennemi. Mais elle sait maintenant que non. D'autres hommes en uniformes identiques jaillissent du couvert des chênes. Ils n'ont rien à voir avec les assassins. Ce sont des soldats qui viennent d'un tout autre ailleurs.

A travers le maquillage guerrier, les yeux du géant brillent. Il empoigne l'enfant bosniaque, le porte, et le serre sur ses bras. Après, elle ne sait plus. Un malaise. Lorsqu'elle reprend connaissance, elle est attachée dans le dos de l'un de ces hommes. Il fait nuit. Dans une autre clairière, où il y a plus de morts encore, elle appelle son fils. Il lui répond, il est là, toujours dans le berceau des mains du géant.

Deux éclairs trouent la nuit.

Elle entend surgir l'hélicoptère. Les sept hommes s'agenouillent, trois d'entre eux leur ont tourné le dos. Armes menaçantes, aux canons volontairement ternis de boue, ils couvrent leur départ. Ombre dans l'ombre, le grand hélicoptère descend vers eux, vers les colonnes de deux fumigènes mauves. Le géant prend la main de l'enfant. *Tu verras, petit prince, bientôt tout sera fini.*

C'est la tempête au sol. L'oiseau ne se pose pas, son fils

est hissé par une porte latérale. A son tour, elle se sent enlevée. Quelqu'un compte les entrants, dans une langue qui lui est parfaitement étrangère.

– *Neuf !*

Un homme en noir, qui porte un casque intégral, couvre d'un dernier regard circulaire la zone d'extraction. Huit-plus-un. Au sol, le géant tend son pouce. L'oiseau s'arrache. Elle pleure, saisit la main de son garçon. Ce sont des Français. Des espions.

Mercredi 4 décembre 2002.
Rue Saint-Dominique, ministère de la Défense,
état-major de crise. Eclaircie dans le ciel de décembre.
Matinée lumineuse.

Oui... je le connais. J'étais dans cet hélicoptère Puma. Il faisait pourtant si doux sur les forêts de chênes. Je me souviens très bien de lui : major Jacques Regard, sous-officier de devoir, un exemple pour l'armée française. C'est un CRAPS : renseignement et action en profondeur. 13ᵉ régiment de dragons parachutistes. Voir et ne jamais être vus. Mariés aux fougères et aux racines. Ils étaient là. Caméléons. Seulement pour observer et témoigner.

Au péril de la mission, et du principe d'action du régiment – ne jamais intervenir pour ne jamais être découvert –, il a décidé de sauver la vie de cette femme musulmane, et celle de son enfant, qui couraient les bois barbares. Il n'a jamais été décoré pour ce fait d'humanité, mais j'étais là, et je me souviens de lui.

Son supérieur, un rugueux colonel de dragons, reprend :

– ... le major Regard a effectué trois « recos » dans les

montagnes autour du site. Il maîtrise parfaitement le terrain. Le seul problème est...

L'état-major combiné de la DGSE et de la Direction du Renseignement militaire, très attentif, est suspendu à la phrase de l'officier dragon.

– ... qu'il est en mission quelque part.

Quelque part. Grands secrets des guerriers invisibles. Nous n'avons plus le temps. Quelques centaines d'heures. J'ai priorité de commandement sur les jours qui viendront.

– Où qu'il soit, colonel, rappelez-le. Immédiatement.

Je le connais. J'ai besoin de lui. Où qu'il soit.

Un labyrinthe d'eau et de roseaux.

Il n'y a plus d'horizon. Et lorsque l'on parvient à se hisser sur un arbre qui a pu dériver là, pour quérir le monde autour, on voit danser jusqu'au loin l'écume vert et gris des roselières desquelles s'évapore une brume légère. Dans les marais irakiens qui lèchent le chatt El-Arab, la vie et la mort s'entrelacent.

Trois visages émergent lentement. Maculés de boue. A quelques dizaines de mètres, un chien vient d'aboyer. Danger immédiat. Les trois visages n'ont pas bougé. Ils demeurent silencieux, au fil des minutes qui se perdent dans le delta. Petit à petit, trois regards s'abaissent au niveau de l'eau troublée. Seuls leurs yeux restent apparents : une barque fend les roseaux, approche. Et vient droit sur eux.

Le major se redresse un peu. Il sent qu'un canon se pose sur son épaule gauche, un canon prolongé d'un silencieux. La main du sous-officier dragon se porte à son épaule,

retire le préservatif du canon. Il le glisse précautionneusement dans une poche haute de sa tenue de combat. Il
entend le murmure d'une voix amie, juste là dans son dos.
Un œil vissé sur la lunette de haute précision d'un FRF2.

– Je les ai. Quatre. Plus un chien.

Jacques Regard n'a pas besoin de murmurer quoi que
ce soit. Ses hommes savent. Ne jamais intervenir pour ne
jamais être découvert.

Le sniper dragon ne crispe pas son index sur la gâchette
ultrasensitive. Il prend soin, surtout, de contrôler sa respiration. Sur son épaule, Jacques Regard ne ressent aucune
oscillation du canon. Sérénité. Détermination.

En tout dernier recours. Seulement.

Corbeil-Essonnes, même jour, cité inexpugnable des Tarterêts.

J'avais besoin, Yasmine, de revenir ici, chez toi, dans ce
que l'on appelle communément une zone de non-droits. Le
soleil limpide de ce matin s'est couvert de grisaille. Ce n'est
pas une citadelle. Une douzaine de blocs collés à la Franci-
lienne. Nous sommes mercredi. Des enfants jouent au bal-
lon au centre de la cité. Leur bonheur chasse la désespérance.

Avant d'entrer dans la cage d'escalier, même si j'étais
presque seul, j'ai senti bien des regards sur moi. Ici, je suis
un étranger.

J'ai monté, lentement, les six étages, où l'on entend
vibrer toute la vie du bâtiment. Je me suis arrêté devant
cette porte. La porte, Yasmine, de chez toi.

Un téléviseur est allumé. L'un de tes frères indigents.

Tu as conquis bien des horizons. Bien des déserts, et
bien des hommes.

Tout à l'heure, j'irai acheter n'importe quoi au Carrefour d'Evry. Je choisirai la caisse où je retrouverai, dans le regard de ta maman, tous les grands cèdres du Rif, le tien.

Deux yeux noirs.

Même jour, là où le Tigre et l'Euphrate s'embrassent.
Le commando se laisse dériver dans le courant. Les rives sont multitude. Survol d'aigrettes, exubérance des flamants. Où se rencontrent l'Arabie et la Perse. La fièvre des marais. Ils sont depuis trop longtemps ici. Elle trouble leurs yeux, leurs sens, leur raison. L'eau à mi-poitrine, Jacques Regard s'adosse et se sangle à l'un de ses hommes pour s'accorder quelques instants de sommeil. A sept kilomètres à l'est, l'Iran.

Le reflet des eaux du delta dans leurs yeux, ils croient percevoir, au sud, la rumeur spectrale de l'hélicoptère. Et comme à chaque fois, le soulagement du retour, de la mission accomplie.

9.

24 décembre 2002, dans la maison de Dieu.

Voilà. Il est bientôt l'heure.

J'ai refermé moi-même les portes de la basilique. Parfois, il fait froid en décembre sur les côtes du Levant. La sœur française a allumé tous les cierges de Saint-Jean-des-Croisés. Les pierres romanes sont éclairées de bénédiction. Comme il fait frais, humide, j'ai doublé ma veste de cuir.

J'ai déplié la valise satellite sur le banc le plus proche de l'autel, où un courant d'air marin caresse les lueurs des cierges ivoire. L'encens et la bougie. Après la veillée de Noël.

Je suis à présent seul. Peut-être la présence du Seigneur, ou du moins le souffle de son silence.

A genoux dans la travée centrale, j'attends notre dernier rendez-vous d'espions.

Vingt jours plus tôt, sur les murailles de Kerak, nous avons choisi la douceur de Jbail, pour enfin conduire le terme de notre voyage. Ici, s'entrecroisent la chrétienté et l'islam, ruines et renaissance, échos programmés d'une

251

guerre absurde, et puis la paix du soir, ce calme. J'attends l'heure de notre dernier rendez-vous. *Tu es là.*

Il y a juste, entre nous deux, un grand jardin, les ébats de la brise dans les palmiers, le frémissement des lauriers, le retour d'une poussière d'hiver. Et les hauts murs de la maison qui te protègent. A cette heure, Abou est toujours le plus vigilant des hommes. Il arpente, félin, le chemin de garde de ta demeure.

Ce vent, comme cette nuit d'Irlande, qui ne cesse de se lever, et, sur la marche de notre dernier rendez-vous, s'évanouit enfin.

Nous avons, Yasmine, partagé une existence rebelle. J'imagine ce soir ton regard. Nous sommes sur le chemin du retour.

S'incline la flamme des cierges. Pas même un murmure. Je sais que tu regardes revenir les vagues. Et que tombe la brise au seuil de ta maison.

J'ai longtemps cherché, chez bien des hommes, bien des femmes, l'*agent*. Qui épouserait en peu de mots, en un regard, ce que je convoitais. Qui saurait trouver à ma place. Que je guiderais au plus loin. Etre espion. Epouser l'autre. Entrer en l'autre. Ses yeux, sa voix, jusqu'aux palpitations, jusqu'aux pulsions. Se marier à ses faiblesses, affronter ses frustrations, profiter de ses fantasmes, nourrir ses ambitions, mais aussi, avec lui, souffrir.

Souvent la nuit, dans la solitude de l'officier traitant, quand ne venait plus le sommeil, puisque le feu était partout sur cette terre, mon cœur battait avec celui de cette femme qui avait accepté d'être l'amante d'un boucher. J'acceptais, comme elle, avec elle, les caresses de l'ennemi. Mes yeux se promenaient sur les rails désunis du chemin de fer de Benguela, au cœur de l'Angola meurtri, dans les yeux d'un espion français. Je sentais s'exhaler les senteurs si fortes de la nuit africaine après la pluie, je devinais les regards d'orgueil vaincu des guérilleros, l'amertume de mon homme exilé tout au bout du monde. Je marchais avec cet autre, dans la pénombre envoûtée par la clarté des étoiles du Sud, au sein d'une colonne de Tamouls, touffeur du golfe de Mannar, Ceylan, et comme lui je me sentais gagné d'un épuisement heureux. Je souriais à la nuit kurde, avec cette infirmière française, dans les bras de son amant peshmerga, et mon cœur s'emballait lorsque ce photographe franchissait, sur une pirogue hésitante, des rapides clandestins, méandres frontaliers de l'Oubangui, et, lorsque l'aube venait, je chérissais, avec l'un de mes agents égarés, la lueur, presque une rosace, qui montait sur les vertiges du Tibesti, l'oubli des oasis, la délivrance de l'aurore, épilogue d'une marche de nuit dans le Wakhan, la joie dans les yeux de moudjahidins sacrifiés, Extrême-Est afghan. Le partage d'un pain sec. Lait de chamelle. Une méharée touareg s'ébroue dans le matin bleu, un adrar désolé, sur la route de Tamanrasset.

Je suis avec eux, en eux, au service de l'action clandestine de la France. Nous sommes silencieux. Nous sommes muets. Nous allons et venons dans les entrailles de la douleur du monde. Souvent au service de la paix. Nos utopies, dans le gouffre des turpitudes et de toutes les cruautés. Avec eux, j'hésite, je me fourvoie, parfois je cède, souvent je mens. Je manipule. Je modifie le destin d'autres hommes. Mais jamais, pour elles, pour eux, je n'éprouve la moindre des peurs. Elles, ils sont tous volontaires pour sourire au danger. Et à leur propre déchéance, au service camouflé du déclin elliptique de la France.

Tu es toujours là.
Pour toi seule, j'ai peur. Toujours. La suite 311 du Plaza. Dans mes jumelles, quand tu te jouais du parcours du risque, Centre parachutiste d'entraînement spécialisé de Cercottes. Première mission à Londres. Messagère furtive des imams conspirateurs, l'écho du Jihad, prières belliqueuses. Amours dangereuses au Kosovo. Et puis cette pluie de mort, colère tchétchène.

Je suis toujours resté en toi.

Je croise une jeune femme qui se donne dans un palace. Deux corps qui se frôlent. Et si je t'avais effleurée ailleurs que sous cette pluie noire d'automne ? Si j'avais raté la rame de métro dans laquelle je me suis engouffré Porte des Lilas ? Les portes se sont refermées en claquant sur les pans de mon pardessus.

J'ai longtemps cherché le meilleur de mes agents. Novembre me l'a porté.

Et comme je suis entré en toi, j'ai voulu mourir sur les chemins du Caucase. Puis je suis parti pour un long voyage dans l'Asie interdite. Là-bas, une princesse n'a pas voulu lier son destin au mien. Elle m'a drogué, cédé à un bandit chinois, qui m'a réduit en esclavage dans un village pouilleux où j'ai partagé la fange des porcs, et l'écuelle des chiens. Même à genoux, aux confins du Triangle d'Or, je suis resté en toi.

Un jour, des Français sont venus me racheter. J'ai passé des mois à recouvrer, dans la tendresse d'une clinique discrète de Bangkok, une part de moi-même. Mais tu étais là, dans la pluie d'Irlande qui se mêlait à mes larmes, à l'heure où, dans un théâtre, un soir d'octobre à Moscou, tu as noué, sur ta nuque tremblante, le foulard des *boïvitchki*. Il y était inscrit : Dieu est Grand. Tu as dévisagé tes sœurs. Vous vous êtes touchées les unes les autres. Les mains, et le visage. Le silence et la caresse. La première des prières.

Seigneur, guide-nous sur la voie de la rectitude.

Tu as noué ce foulard très sèchement. Et juste avant la prise d'assaut, dans les miroirs de souffrance de la salle de danse, tu as coulé les yeux d'une jeune femme française dans ceux d'une femme kamikaze tchétchène.

Seulement le chuchotement de la seule prière de tes sœurs, bientôt l'heure, Emeraude, de ton retour.

Tu es là, si proche. Ma maîtresse espionne, je t'ai enfin rencontrée. Novembre était la nuit. Cette magie entre nous, pas entre deux agents, juste une femme, un homme. Les yeux pour parole. Et tu es venue vers moi. Tu étais celle que j'avais toujours attendue. Je t'ai formée. Tu m'as transmis toute l'énergie d'une fille de banlieue, qui doit savoir mordre et hurler.

Et je t'ai perdue.

Je t'ai retrouvée là où l'on décapitait, hier, les ennemis de Staline. Tu n'as pas, vers moi, levé les yeux. Un peu de douceur, les cellules de la Loubyanka puent l'eau de Javel.

Ce soir, tu perds tes yeux si noirs, où s'épuise la Méditerranée, sur le rivage du Liban.

A genoux dans la maison de Dieu, j'attends notre dernier rendez-vous. Avec toi, j'ai peur.

Maintenant, tout doit s'enchaîner. Je vérifie l'heure. Je tente de contrôler le rythme de ma respiration. Je pose ma main droite sur ma poitrine. Je ferme les yeux. J'inspire. Je vide très lentement ma cage thoracique.

Puis je décode, en maîtrisant tant d'impatience, l'accès à la liaison satellitaire. Je suis à présent relié à tous les acteurs. Le dernier acte a mobilisé des centaines d'agents. Nous n'avons rien négligé. Nous avons tous en nous, espions, la passion du détail. Prévoir l'action. Conjonction de toutes les intelligences, de tous les savoirs, de toutes les incertitudes. Des jours, des nuits, quand l'imagination orchestre la plus sophistiquée des opérations, dans le rythme des baisers et des gémissements d'un colonel tadjik, je n'oublierai pas ces matins, ivres du désir achevé de notre copulation espionne, parfum des corps essoufflés, dans la planification sans cesse renouvelée d'*Eternité*.

Jelena Kendjaïeva fut la plus passionnée des architectes, ensemble, avec tant d'autres, nous avons bâti un château de sable. J'entends déjà rouler les vagues. Par la seule grâce d'Emeraude, tout s'enchaînera si vite. Et cette terreur, qui me noue le ventre. L'aboutissement d'une vie, au seul service de la confidence. Le chemin du retour.

Il est l'heure.

D'un geste sec j'enclenche le combiné de la valise satellite. Trois lignes ouvertes sont autorisées. La première me connecte directement sur un faisceau de centres informationnels, via nos stations radio-électroniques de Djibouti, du plateau d'Albion ou du Mont-Valérien. J'ai accès, sur un mode de transmissions hautement protégées, à la salle de crise de l'Elysée qui coordonne l'action et distribue le renseignement, et au poste de commandement de la DGSE, où un agent rattaché à moi seul me nourrit en données périphériques. La deuxième me relie à l'agent

Horus. Sur la troisième ligne, dont j'ouvre à présent la session, je réceptionne une voix chaude.

C'était avant-hier. Paris était déjà une fête. Il faisait moins froid que chez toi, mais tu portais ce manteau de zibeline. Comme sur les rives fumantes de la Moskova. Depuis la Grande Pyramide, au-delà de l'arc du Carrousel et des arbres dénudés des Tuileries, un grand feu saisissait les Champs-Elysées. La cour Carrée du Louvre était encore ouverte. Quadrilatère, majesté et mystère. Les pavés furent saisis de ton pas cadencé, jusqu'à la passerelle des Beaux-Arts. Je tournai le dos au dôme doré de l'Institut. Nous nous sommes juste pris les mains gantées. Tu n'as pas voulu me le dire, mais je sais, Jelena, ce qu'est un adieu.

– Zibeline à Jaguar.

Minuit passé, la ligne est si claire.

– Jaguar à l'écoute.

– Juste pour te dire, Jaguar... joyeux Noël.

Plein d'étoiles. Et d'autres, plus indiscrètes, dans la galactée d'Orient. Hélios-1 français, KH11 américains, Cosmos RESURS-F russes réveillonnent joyeusement. Couverture exhaustive sur zone de crise. Surveillance. Interception. Transmission.

– Joyeux Noël, camarade...

Même heure, 32ᵉ de latitude est, 32ᵉ de parallèle nord.
Les abscisses et les ordonnées font l'amour.
Onze mille pieds à la verticale des monts Taurus,
sud de la région de Lycaonie, Turquie,
à bord d'Air Force One.
Dans les écouteurs du colonel Blandy, commandant de

bord, vétéran de l'US Air Force, les instructions répétées deux fois sont claires.

Le rythme cardiaque du Président des Etats-Unis s'emballe tout à coup. Son vaisseau amiral change de route. Cap au nord. Pour une base-refuge de l'OTAN. Comme prévu.

Bien plus au sud, vers eux volent trois *hostiles*. Navigation à cinquante pieds, au plus près des rocs et des dunes, baignées de lune.

Grands ergs du Nefoud, nord du Royaume saoudien.
Pour interception.

Silence à bord. Transmissions coupées. Leur seul lien avec le monde sont les données volées au radar Awacs du Boeing E-3A de la Royal Saudi Air Force, qui croise au-dessus de la frontière jordanienne. Saqar, l'ordinateur béni d'Allah, dont le cœur bat sur les hauteurs de Médine, pirate tout ce qu'il veut. Ou, plutôt, ce soir, tout ce qu'on veut bien lui donner.

Quand viendra l'heure, Saqar, ordinateur criminel surdoué, en synergie avec son complice nocturne, le satellite Nemrod, brouillera tous les dispositifs de protection d'Air Force One et de son escorte. Alors, l'appareil disposant du bouclier électromagnétique le plus performant du monde deviendra en un instant le plus exposé aux seuls missiles Phoenix des trois F-16 saoudiens.

Les trois appareils ont décollé depuis trente minutes d'une piste de desserrement des forces armées saoudiennes. Les instructions sont parvenues, pour confirmation, au leader de la formation, deux heures plus tôt, à l'heure du ravitaillement en vol de l'avion présidentiel au-dessus de la Toscane. Les trois équipages se sont sanglés et, avant le *check-in*, ont tourné leurs âmes vers le Seigneur. Ils ne reviendront pas, mais leurs familles seront, pour toujours, au plus haut, et leurs noms chantés au royaume d'Allah.

Le chef suprême du Grand Satan a, dans le secret, programmé une tournée de Noël pour supporter les troupes infidèles qui souillaient les terres sacrées. Mais les secrets n'échappent pas à Dieu. Par sa grâce, Air Force One ne parviendra jamais à Riyad. Ce qu'ignorent les Assassins est que, malgré les informations transmises par l'Awacs, leur objectif ne vient plus à leur rencontre.

La cible s'est effacée.

10.

Gorges perdues, escarpements,
précipices, sous la lueur d'Aldébaran
et dans les yeux d'Hélios.

La patrouille de guerriers bakils emprunte toujours ce même chemin périlleux, qui longe les vertiges, pour gagner le plateau et relever les hommes de la vigie supérieure. Seulement, cette nuit, il n'y a pas de relève. Tous les postes de garde sont doublés, les patrouilles renforcées. C'est le Grand Soir.

Les sentinelles marchent dans l'obscurité. Leurs sandales ne ripent pas sur les marches polies du chemin de garde. Pas un murmure ne les accompagne. Ils montent dans ce rythme lent, mais régulier, avec, toujours, un pas, puis l'autre, et, lorsqu'ils foulent légèrement le sol de leurs aïeux, une longue expiration, comme une preuve d'amour. A intervalles réguliers, ils s'octroient une pause, pour apprécier ce pour quoi ils vivent. Ils ont encore dans la bouche la suavité du *douani*, le miel des anciens. Au plus loin, on aperçoit les lueurs du premier village perché, ses maisons-tours accrochées aux parois. Un cri de rapace résonne dans le cirque de falaises de grès. Ils sont nés ici, n'ont jamais quitté leur vallée encaissée. Ils connaissent chaque pierre et, jusqu'au murmure du wadi, savent lire l'heure dans les étoiles du ciel. Ils franchissent l'épaule de l'arête qui culmine au sommet. Rien ne leur paraît différent des autres soirs. Les horizons sont toujours clairs dans la nuit. Le silence, et le vent qui cingle se pourchassent sur les crêtes, et tourbillonnent dans les gouffres. Parfois, on perçoit la présence d'un prédateur dans un pierrier, et la fuite étouffée de son gibier, ou l'on devine que s'ébattent les ailes d'un oiseau de proie nocturne, l'un de ceux qui planent sur la montagne yéménite, avec, dans leurs iris dilatés, le reflet de la lune.

L'un des guerriers a stoppé sa marche. Instinctivement, il porte d'abord sa main, à mi-poitrine, sur la crosse de son jambyya. Toujours le poignard avant la kalachnikov. Les quatre hommes de la patrouille s'agenouillent. Tels des animaux en alerte, ils font jouer tous leurs sens, et cherchent, avec le vent, à renifler une présence hostile. Leurs yeux s'épanouissent dans l'obscurité, ils entendraient rêver une vipère. Ils fusionnent avec la nuit.

Le repaire du maître est plus bas, sous le surplomb du haut plateau. Ils n'ont pas le droit de laisser le hasard se jouer d'eux. Ils sont la garde éternelle de leur émir. Avec eux autour de sa retraite, le maître peut parler au Tout-Puissant, et, auprès de lui, trouver la force de combattre.

Peut-être était-ce seulement ce renard, qui, aux dernières heures du jour, se dorait au crépuscule ? Ils se redressent comme des chats, et reprennent leur progression sereine le long d'un chaos de rocs de grès.

Où, figés, cataleptiques, le visage sable et brouillard, sont tapis sept hommes. Commando Spetsgruppa Zenit. Tueurs du Tsar.

Il coupe tous les écrans. Plus d'images, ni même de sons impies.
Voici l'heure choisie par Dieu.
Il s'avance vers l'à-pic. Elles sont toutes là. Du bout des lèvres, il en épelle les noms. Elles scintillent plus que toute autre nuit. Il s'agenouille à même le roc.
Il est l'Envoyé, le Mahdi, l'Imam noir.

Dépression de Wadi Sirhan,
où le désert a rendez-vous avec l'olivier.
Quelque chose est verrouillé sur eux. Au nord. Au sud. A l'est. A l'ouest.
Le commandant de la formation pirate rétablit subitement les transmissions entre les appareils. L'Awacs n'a rien signalé.
Pourtant, ils surviennent.

Au nom de Dieu, le Tout-Miséricorde, le Miséricordieux,
C'est Nous qui le fîmes descendre dans la nuit grandiose
Qu'est-ce qui peut te faire comprendre ce qu'est la Nuit
grandiose ?
La Nuit grandiose vaut plus qu'un millier de mois
En elle font leur descente les anges et l'Esprit, sur permission
de leur Seigneur, pour tout décret
Salut soit-elle jusqu'au lever de l'aube !

Des quatre coins cardinaux,
Les missiles de croisière des Mig 29, Rafales, F-18 de l'US Navy, chevaliers de la Sainte-Trinité, confluent. Une volée de flèches invisibles en acquisition, pour pourfendre les démons.

Le chef de la formation terroriste connaît la vérité. Son casque est gagné par la sueur, et, passé la stupéfaction du piège, par la résignation. Pour tout épilogue, il avertit, fataliste :

– *Fox Two*.

Les écrans de contrôle des appareils pirates sont saturés de perturbations et de brouillages. Le ciel ne leur est plus favorable. Les F-16 saoudiens tentent une dernière chance désespérée de salut, mais les contre-mesures des leurres thermiques sont impuissantes.

Du ciel d'Arabie survient la foudre. Sur les écrans des Awacs alliés, les trois échos, scannés par les radars Doppler, ont disparu.

Sur le sourcil du désert, juste un peu de vent, le même, qui porte, beaucoup plus au sud, le bombardier B2 Stealth, flèche furtive qui plane sur le minaret de la mosquée illuminée de Médine.

Rien ne se reflète sur les ailes du vautour. Peu de rayonnement thermique. Pas de signature radar. Absorption de résonance par neutralisation de l'onde réfléchie.

L'exécuteur parfait.

Le bombardier américain aurait pu engager sa cible

beaucoup plus loin encore, mais son objectif mérite la plus précise des frappes.

Dans l'axe de la ville sainte, sur l'amorce de collines obscures, dans son silo antinucléaire, comme indiqué par Emeraude, voici Saqar.

Soudainement frappé de désolation.

Nuit de la Nativité en Saint-Jean-des-Croisés.

Juste un mot sur la ligne satellite. Qui résonne à Paris et Moscou, et jusqu'à bord d'Air Force One, qui touche son sanctuaire :

– *Merry Christmas.*

Exercice terminé pour les Américains. Ils ne savent pas, nous le leur avons caché, que débute alors tout autre chose. Notre Président et celui de Jelena leur offriront ce présent demain. Jour d'ouverture des cadeaux. Petite surprise. Petite mesquinerie. Juste revanche.

Mon cœur bat plus encore. Calme-toi, la nuit n'est pas finie.

11.

Il est seul, et parle au ciel.

Sur son nid d'aigle, Cheikh Omar Isam en appelle au
Jihad. Deux cents hommes, cette nuit, le protègent. Ses
guerriers bakils, fidèles sentinelles, mais aussi ce qui bâtit
maintenant sa puissance, et sa gloire : ils sont tout de noir
drapés. Leurs regards, dans leurs turbans sombres, ont pour
cible le cœur de l'ennemi. Ils sont ici, avec lui, dans la
montagne yéménite, mais aussi ailleurs, et se préparent,
dans les refuges ombragés de Dieu, à prolonger la quête.
Balouchistan, Somalie, Indonésie, Cachemire, Tchétchénie. Leurs yeux sont des lames, leurs mains, le feu.
Washington, Londres, Tel-Aviv, Moscou, Rome, Paris
seront leurs derniers jardins.

Les Assassins.

L'Imam noir parle au ciel, mais le visage de Dieu ne
vient plus, et dans la constellation apparaît une silhouette.
Comme ce dernier soir, quand il l'a abandonnée, dans un
caftan pourpre, avec, pour écho, l'orage sur le massif de

l'Atlas. Il se rappelle, hier, les caves des cités, juste un matelas, le jour et la nuit, et cette peau si fine, cette bouche à peine ourlée. Les lèvres de Yasmine avaient la tendresse innocente de leurs ébats maladroits. Elle le couvrait. Elle le protégeait. Dans le ventre de la cité déchue, dans l'exil grisâtre au seul service d'Allah, elle lui rendait, par sa voix chaude, *Salaam*, l'envie du long voyage.

Quand il s'est éloigné, elle ne s'est pas retournée. Elle a conservé ses yeux sur la vallée. La foudre frappait les reliefs sur les sommets. Elle n'a pas pu entendre ses pas, avalés par le ksar. L'hélicoptère, tous feux éteints, a décollé malgré toute la colère qui se déversait sur les flancs de la montagne. Il pilotait lui-même l'appareil. Il a longé la muraille, éclairé ses phares d'approche, mais la princesse tchétchène n'était plus là.

Ce soir, souveraine, elle revient en lui. Il se souvient de leurs amours clandestines, quand ils réveillaient les pit-bulls prohibés, au fond d'un sous-sol misérable, ou dans la sécheresse poussiéreuse d'un box de garage.

Et ce jour, quand Hikma, pouliche à la robe pommelée grise, qui galopait, encolure furieuse, tête haute, remporta les Mille Guinées, printemps anglais pimpant à Newmarket, elle lui ôta son haut-de-forme, et l'embrassa, comme jamais une femme arabe.

Dieu n'est plus là, mais il y a le dos et les épaules de Yasmine Bin Khatabi, sa première épouse, ses jambes, ses hanches, et son fourreau si doux. Une grotte sacrée, dans la Somalie baignée par la lune. Il se souvient de la main fraternelle de l'Emir-général. Les images provenaient du théâtre de Moscou. Leurs frères, leurs sœurs, commando tchétchène, martyrs du Tout-Puissant. Son visage, fille d'Ibrahim et de Meryem. Jamais une odalisque. Dans l'hiver perpétuel d'Europe, elle était son double. Ses mains, si longues, caressaient le détonateur. Elle lui donnait tout. Dieu n'est plus là. Mais il demeure, toujours, comme l'escorte de cette pluie d'étoiles, les yeux de Yasmine.

12.

Convergences.

Le commando russe du groupe Zenit a été héliporté à trente kilomètres de son objectif ce matin, à l'aube, puis guidé sur zone par un Complexe Reconnaissance-Frappe inter-opératif. Hélios et Cosmos connectés, station-espion maritime d'écoute et de transmission russe en mer Rouge, drones français CL-289 PIVER. Une loupe bipolaire se concentre sur la montagne yéménite.

Les hommes du groupe d'assaut russe ont établi la jonction avec leurs binômes de reconnaissance avant que ne vienne le soir. Ils savent qu'ils ne sont pas seuls.

La nuit précédente, la section de chute à très grande hauteur, du Centre de guerre spéciale, a été larguée, par huit mille mètres, sur le point Hadès.

Le meilleur des forces spéciales françaises.

Unité ultrasecrète du Service Action de la DGSE, ce groupe est composé d'hommes rompus à la jungle, aux déserts, à l'Arctique et aux altitudes. Ils disposent de la plus complète des formations, passent dans le plus sévère des filtres sélectifs. Sont affectés au Centre de guerre spéciale des éléments exceptionnels. Ils vivent dans la clandestinité, et dans le perpétuel entraînement : attaques sous-marines, actions de guérilla et de contre-guérilla, interventions anti-terroristes sur terre et sur mer, pénétration et sabotage des centres sensibles. Ce sont les meilleurs des parachutistes et nageurs de combat. Ils sont anonymes. Leur visage est Secret Défense. Ils sont la quintessence pour détruire, et éliminer.

L'opération n'a pas été simple à monter. En raison de l'extrême vigilance des bakils, il était en effet impossible d'effectuer les préalables nécessaires. Seules les reconnaissances anciennes du 13ᵉ régiment de dragons parachutistes, réalisées par le major Jacques Regard, quelques années plus tôt, avaient permis de constituer une phase virtuelle de positionnement des unités. Le pays bakil est l'une des zones de rétention de touristes raptés par les bandits yéménites, à des fins mercantiles, un commerce local fréquent. Le 13ᵉ RDP avait été missionné, par le passé, pour sillonner le terrain, à des fins d'éventuelles extractions d'otages. L'opérabilité française a été facilitée par la proximité de Djibouti. Le Yémen est, pour les Russes, un territoire de chasse classique. La principale difficulté a résidé dans la superposition des dispositifs, et le partage des rôles, en fonction des spécialités de chaque unité. Par ailleurs, pour des principes élémentaires de sécurité, les membres russes et français de l'opération devront demeurer totalement étrangers les uns aux autres. La préparation et le commandement s'effectueront à distance, aux bons soins de la coordination

269

du colonel Jelena Kendjaïeva, et de ses homologues du Service Action.

Sur le terrain, chacun a sa place. Personne ne croisera la mission de l'autre. L'anonymat des hommes du Spets-gruppa Zenit et du Centre de guerre spéciale sera sauve-gardé. Pour les hommes du renseignement, ce principe, la préservation des identités des personnels, est plus crucial que la réussite de l'opération elle-même.

Le dispositif est appuyé par un appoint aérien tactique d'hélicoptères de combats MI 24 russes, et Tigre français prépositionnés dans les steppes saoudiennes de Say'ar, une puissance de feu supplétive, si besoin en est, décidée par le commandement de l'opération spéciale, dans la gradua-tion de combats de plus forte intensité.

Encore le hurlement d'un prédateur. C'est la nuit la plus profonde, au nord du Yémen. On n'entend pas même expirer la patrouille rebelle. Pourtant, l'heure appartient aux spectres.

Les guerriers bakils parviennent sur le plateau. Ils ne sen-tent pas le souffle des hommes-vampires. Lames muettes. Un seul geste incisif. Les hommes tombent, leurs corps déli-catement accompagnés au sol, chorégraphie sanguinaire.

La maître de ballet est un expert. Il essuie son poignard rubicond sur la barbe de la première des sentinelles qu'il a effacée. Il distingue autour de lui la montagne qui s'emplit de mouvements furtifs. De nulle part, ombres parmi les ombres, surgissent ses hommes. Dans l'action, il est toujours à sa place : à leur tête. Cette nuit, les ordres sont sans équivoque. Ils ne laisseront personne dans leur sillage. L'officier hume la nuit. Froidure sèche. Comme là où il course les loups dans la taïga. Ses hommes le savent, ce n'est pas une légende, il étrangle les bêtes à mains nues. Férocité, intransigeance, violence, fulgurance sont les quatre piliers de son action.

Le plateau est désormais envahi de silhouettes. Hadès est sous contrôle.

Le major-général Igor Zoran retire son masque infrarouge. Les spetsnaz s'approchent du vide. On entend claquer des pistolets à compression contre le roc. Ancrage. Autour de lui, on se sangle très rapidement. Les mousquetons se posent sur des nœuds coulissants. On referme des bloqueurs sur des câbles fins, résistants, souples. Pas un mot. Pas un cri. Ils connaissent leur rôle, et chacun de leurs gestes a été répété. Ils ne sont pas des éléments isolés mais une seule troupe, presque de la grâce, qui se déploie.

Ce sont des danseurs.

Igor Zoran attend que se fige le spectacle. Les spetsnaz sont maintenant prêts. Tout en eux est tendu vers l'objectif, mais aussi complètement relâché. Ils ne bougent plus. Ils sont comme la flèche d'un arc. Ils attendent seulement un geste de lui.

Zoran vérifie machinalement que son Glock est armé, que le silencieux est bien vissé. Il vient vers le vide, ses yeux effectuent un circulaire. Son oreillette est muette. Ne pas communiquer si inutile. Puis il abaisse son regard : *il est là.*

Les spetsnaz guettent, une main sur la crosse de leur arme, l'autre sur le dérouleur. Les câbles sont huilés. Une matière grasse, mais qui ne luit pas dans la nuit. Leur souffle est suspendu. Le vide sous leurs talons. Seulement un geste de lui, pour conclure *Eternité*, une dernière offensive.

Il pourrait presque entendre l'écho, au plus lointain des abîmes, de la psalmodie de son ennemi :

Par le ciel, par l'arrivant du soir...
—Qu'est-ce qui te fera comprendre ce qu'est l'arrivant du
    soir ?
—C'est l'étoile perçante
—Il n'est d'âme qui n'ait un gardien.

13.

Assaut.

Les câbles sifflent dans le vide. Le repaire troglodyte est beaucoup plus bas. Cinq, dix, vingt, trente se lancent dans les bras du gouffre.

Toutes les vagues de la Méditerranée se sont donné rendez-vous à Jbail.
Elle revient, en cette nuit d'annonce bienheureuse pour la chrétienté, perdre ses yeux noirs sur l'horizon. Réverbérance marine. Côtes septentrionales du Liban.
Assise en tailleur, la mer dans ses cheveux très longs, elle écoute la Voie lactée. Et accompagne, peut-être en pleurant, une dernière prière.

Sur leurs fils tendus à l'aplomb de l'objectif, telles des araignées, les ombres cagoulées glissent le long des grandes parois abruptes.

Sur le versant opposé, des hommes s'extraient du sol où ils s'étaient enterrés. Les canons de 7,62 mm font face à la tanière de l'ennemi. Les tireurs de haute précision du Centre de guerre spéciale ciblent avec magie, grâce aux systèmes automatiques d'acquisition infrarouges sensoriels. Enfin, désignation d'objectif au laser.

Une seule salve.

Les plus proches des gardes de Cheikh Omar sont fauchés dans le même dixième de seconde. Et un peu partout, dans le silence, sur des chemins de ronde du repaire de l'imam, les guerriers bakils s'effondrent brusquement. Ils virevoltent sous le choc des impacts. Les carreaux visent la gorge, la nuque, le front. Certains sont touchés en pleine face. Aucun n'a le temps de hurler. Les projectiles sont si puissants que la mort est instantanée.

Et, plus bas, dans le wadi asséché, tant de sang soudain. Pluie acérée. Les arbalétriers français nettoient systématiquement la périphérie d'Hadès.

Apparitions.

Dans leurs armures de kevlar, leurs masques intégrés avec viseurs balistiques, et deux yeux rouges pour tout regard, les diables s'éjectent de leurs baudriers à déclenchement automatique.

Ils investissent la maison du Mahdi.

Dans la résolution infrarouge de leurs viseurs, leurs cibles n'ont pas le temps de riposter. La cité troglodyte est investie d'une fureur contrôlée. Les grottes sont ravagées par les grenades à fragmentation. Partout, s'élèvent les volutes de la brume jaune d'un gaz invalidant. Et ne cessent de jaillir les spetsnaz. Seul le vide pour se réfugier, vers lequel se précipitent quelques-uns en hurlant que Dieu reste Grand. Le carnage résonne sous les voûtes de l'aven. En face, dans les jumelles des tireurs d'élite du Service Action, illuminé par les fusées éclairantes, l'opéra est brutal, et bref.

Les Assassins ne survivent pas à la première minute.

Mais leur Maître, les yeux dans les constellations, ne bouge toujours pas. Sa demeure est dévastée. Il récite « *Au nom de Dieu, le Tout-Miséricorde, le Miséricordieux* », la dernière des prières.

« *Dis : Mon refuge soit le Seigneur des hommes...* »

Un homme maintenant s'interpose entre lui et le ciel. Son poignard est déjà souillé du sang des croyants. Il est immense. Ses yeux demeurent inexpressifs.

Je te reconnais, démon. Tu l'as touchée. Tu l'as humiliée. Tu l'as souillée. Il y aura, dans ta vie dernière, châtiment terrible.

L'heure du martyre.

Avant de l'étriper lentement, Igor Zoran suspend son bras.

Nous ne nous reverrons plus, infidèle,

Pour toi, la Géhenne.

Pour moi, le Jardin.

L'Imam noir pense, une dernière fois, à *elle*, puis se donne au sacrifice.

Yasmine réfugie son visage dans ses mains. Maintenant, seul le chant du littoral... La sultane tchétchène a refusé les larmes.

Tout est calme.

14.

Ainsi soit-il.

Pour l'Eternité, ont été les dernières paroles pour moi du colonel Jelena Kendjaïeva. Je l'imagine, dans la nuit très avancée, quelque part dans un recoin secret de la Loubyanka.

Saint-Jean-des-Croisés. Requiem. Opération encore en cours, jusqu'à l'extraction des personnels.

La lune se voile, sanguine. Sur le plateau, Igor Zoran a rassemblé autour de lui ses hommes victorieux.

Les Super-Puma ont déjà cueilli les Français, en route pour Djibouti.

Pas de perte chez les alliés.

Le Spetsgruppa Zenit forme un cercle autour de son chef. Dans la main droite du général kazakh, tendue aux forces obscures, encore enturbanné dans un drap noir taliban, pend un trophée. La tête du cobra est tranchée. Les yeux révulsés de l'Emir ne regardent plus Aldébaran.

Quatre hélicoptères de combat MI 24 surgissent de l'est. Celui du major-général sera le dernier à quitter le sol du Yémen. Chargé des plus redoutables de ses spetsnaz, il part vers un dernier voyage, une silhouette longtemps convoitée. Une nuit d'octobre, un espion français le lui a arraché. Sur son foulard, sur son front, il était écrit : *Allah Akbar*.

Demain, à l'aube, sur les côtes du Liban, il liquidera la *boïvitchka*.

Les spetsnaz se hissent dans l'appareil, Zoran est le dernier à embarquer. Sous la protection d'une mitrailleuse lourde qui, depuis la porte latérale, balaie de son canon le plateau où plus rien ne bouge, il scrute encore Hadès. Un de ses hommes a hâte d'escamoter la passerelle. Le major-général rejette quelque chose de presque sphérique, qui roule au sol sur le roc, puis il disparaît dans le ventre de l'hélicoptère de combat, où ses hommes ôtent leurs cagoules. Dans le cockpit, les pilotes pointent déjà, sur une carte aérienne, la zone de ravitaillement prévue dans le djebel Katerina, dans le Sinaï.

Le MI 24 prend les airs, puis décroche dans les gorges. Acquisition de cible.

Le dragon parachutiste est un professionnel.

Le MI 24 développe une source terrible de chaleur. Verrouillage.

Depuis un ravin oublié, pénétré d'ombre, Jacques Regard inspire une dernière fois. Puis bloque tout. Les feux de l'enfer du Stinger. Météore. Objectif accroché. Détruit.

La *Tête du cobra*

Horus transmet à Jaguar. Deux échos, comme métalliques, qui signifient : *Attila rejoint Eternité.*

Je replie la valise satellite. Je contrôle mon chrono. J'ôte ma veste de cuir. Un Sig Sauer P-226 est glissé dans ma ceinture.

Maintenant, Yasmine, je viens te chercher.

15.

Un seul Dieu.

Emeraude a terminé sa mission. Elle coule son regard sur les contours romans de Saint-Jean-des-Croisés. Est-il fier d'elle ? Elle n'a pas oublié les premiers pas. L'apprentissage, dans la passion, tous les deux, dans Paris, entre chantiers et squats, passages et fausses impasses, est-il fier d'elle maintenant, quand tout s'achève, sur le chemin du retour ? Depuis cette presque meurtrière, elle contemple une dernière fois la baie, stries argent et ondulés.

Tout est calme.

Seul émerge le périscope de l'*USS Wanka-Tanka*. Le submersible, affecté aux forces spéciales américaines, dispose d'un sas de largage adapté, et d'un équipement électronique hors normes. Ce type d'exercice naval clandestin est parfaitement rodé. L'opération bénéficie d'une couverture satellite réservée. Les images spatiales sont transmises à une station-espion sur l'île d'Ascencion, dans l'Atlantique sud, puis le satellite Data System assure le relais des images, jusqu'au Centre des opérations de la CIA. Où est réuni le tribunal.

Devant un sapin illuminé aux couleurs de bannière étoilée, Mary Conley a été placée à la droite du DCI. La supériorité technologique américaine offre à l'état-major de la CIA l'exécution d'Oryx en direct.

Sur un premier écran, une maison médiévale, couvée de végétation méditerranéenne. Tout est calme.

Sur le second, dans une anse découpée, le ressac accouche de six nageurs nocturnes. Ils se débarrassent promptement de leur matériel de plongée, qu'ils dissimulent sous une barque de pêcheurs, retournée là sur les galets, nullement par le simple des hasards. Pour le reste, ce qu'ils retirent de leurs housses de combat, ils sont équipés pour tuer.

Yasmine Bin Khatabi n'a plus qu'un dernier devoir. Mais Abou est là, dans l'encadrement de la porte. Il ne se doute de rien. Il la laissera se recueillir très longtemps à la salle de prière.

Ce soir est différent. Sa maîtresse est plus belle encore. Elle porte un chemisier perle très échancré pour mieux arborer ce bijou moudjahidin. L'argent du capuchon enflé du cobra scintille à l'aube de sa poitrine. Elle se pare d'un foulard noir, pour la prière.

Avant de descendre, elle lui demande de s'approcher. Elle lève les yeux vers le visage protecteur d'Abou. C'est un doux géant, qui, pour elle, devient le pire. Il est serein ce soir. Tout est calme.

Choukrane, Abou.

Elle lui caresse la joue. Et tout à coup, c'est l'enfer, des viscères sont projetés partout sur elle, le crâne d'Abou est fracassé.

Pourtant elle n'a rien entendu.

Le patio est parcouru de traits luminescents. Les pistolets mitrailleurs HK-MP5 accrochent leurs cibles, puis, à coup sûr, très silencieux, rafalent les coursives.

Yasmine se jette dans le vide.

Le temps s'est arrêté à Langley.

Le commando du Special Operations Group a engagé le combat depuis quarante secondes. Sur les écrans, on voit très distinctement les éclairs des balles traçantes. La résolution infrarouge poursuit les assaillants et leurs victimes. Les micros intégrés des combattants retransmettent le son.

Cris et déflagrations.

Les Snake Eaters, choisis parmi les meilleurs des nageurs de combat Seals, rencontrent une résistance fournie, mais frappent sans faute.

En Turquie, dans le Bunker d'une base OTAN, le Président attend la confirmation. Elle ne saurait tarder.

Réception douloureuse

Yasmine a roulé-boulé jusqu'au puits. Un choc très violent contre ses omoplates. Elle plonge dans les sous-sols. Toutes les lumières sont coupées.

Elle trébuche sur la première volée.

Derrière elle, on se précipite. Faisceaux-lasers qui fouillent l'ombre.

Course aveugle.

Du plâtre et des éclats de pierre volent partout.

Elle n'y arrivera jamais. Elle ne sent plus son épaule. Elle ne voit rien. Eux voient tout.

Le coude de la salle de prière.

Inch Allah.

Une dernière pièce.

Juste le battement de son cœur. Ils sont si silencieux.

Catacombes. Ossements. Elle tombe une dernière fois, chute dans une poussière de craie humaine.

C'est écrit : *Toute âme goûte la mort.*

Pas à genoux. Jamais. Elle se relève.

Elle sent la chaleur, si ferme, d'une main.

Elle franchit la muraille, qui, derrière elle, se referme à jamais.

Qui échappe au Feu sera introduit dans le Jardin.

16.

Une femme contre un homme.

Les Phéniciens étaient de grands architectes. La route des assassins est coupée.

Ma torche est éteinte. Nous les entendons. Ils sont là. A deux pas.

Ils ne comprennent pas. Ils contrôlent l'espace, entendent l'univers, mais ils ne comprennent pas que l'histoire s'écrit avec les hommes, et les femmes.

Tu trembles tant, ton cœur bat la chamade des chamades. Tu es vraiment contre moi. Je recueille sur le bout de mes doigts, au croisement de ton dos, le dernier sang.

Ils cherchent, mais jamais ne te trouveront. Ce sont des maîtres-tueurs. Mais ils se découragent.

Retiens encore ton souffle un instant,

Ecoute,

Ils s'en vont.

LIVRE IV

Tandis que ceux qui auront cru, effectué l'œuvre salutaire : voilà les compagnons du Jardin ; ils y sont éternels.

Le Coran,
Sourate II, Verset 82.

1.

Une envie de printemps, colline de Vézelay,
les prés sont conquis de primevères.

Je reviens d'un pays qui s'appelle encore, dans mon cœur, Birmanie. Mission de reconnaissance sous couverture. Pour l'extraction d'une femme qui n'a plus que moi, et moi seul, et qui entend, plus encore qu'hier, gémir le tigre dans la jungle bleue.

Ensuite, je pourrai me retourner, enfin, vers la somme de toute une aventure, sur mes pas qui s'effacent, mondes ennemis.

Le mois de mars est lumineux, l'air est sec, porté par des vents d'est, c'est l'hiver qui ne veut pas céder. Je sais que, derrière la porte cochère, je vais retrouver Yasmine. Je range la Suzuki. Un homme du Service, très discrètement, referme l'entrée de la propriété, puis s'éclipse. Je descends lentement du véhicule, et je prends tout mon temps pour enlever et mon casque, et mes gants. Je me souviens du mois de novembre. Le noyer est maintenant orné de belles et larges feuilles. Je reste un long moment dans la lumière un peu crue.

Je ne veux pas brusquer nos retrouvailles. Je ne l'ai pas revue depuis le décollage de l'avion sanitaire. Sous l'effet des calmants, elle s'était endormie en me tenant les doigts. Le Mystère 20 a filé pleine Méditerranée. Je suis resté seul sur le tarmac de l'aéroport de Beyrouth. C'était un jour de Noël.

Je surveille la porte basse de la demeure. Je sais qu'elle portera le parfum de nos rendez-vous anciens, lorsque nous étions, comme des amants, clandestins.

Ses cheveux seront plus longs, et viendront jusque dans son dos cambré. Je sais qu'elle est heureuse de mon retour. Peut-être dort-elle encore ?

La porte s'entrouvre. Une femme splendide me sourit.

Ce n'est pas Yasmine, c'est Carole, mon adjudant-chef de toujours, qui vient vers moi. Elle veut me serrer la main, je l'embrasse sur les deux joues :

— Mes respects, mon colonel.

Un peu émue, elle fait un pas en arrière, reprend son souffle. Comme si... Et des mots qui ne veulent pas venir.

— Merci, Carole, quelque chose ne va pas ?

Et toujours, quand il s'agit d'*elle*, tout se retourne en moi.

Mon Dieu, Emeraude ?

— Nous sommes désolés, mon colonel...

Elle secoue la tête en regardant ses chaussures de training. Je lui saisis le poignet un peu brutalement, et l'oblige à me parler dans mes seuls yeux.

— Elle est partie, Michel...

C'est moi qui baisse les yeux.

– ... Nous n'avons rien pu empêcher.
Et j'entends, à l'infini, Carole répéter :
– Elle est partie, Michel...
Mon Dieu, merci.

J'ai dormi à Vézelay, cette nuit. Comme, à la tombée
du soir, les températures sont devenues presque négatives,
je suis allé chercher des bûches assez sèches. Elles ont donné
une braise qui, longuement, s'est calcinée. Dans la pénombre, seulement le rougeoiement du feu, une lave qui ne
s'écoulait jamais. Et, dans la nuit, la lumière s'en est allée.
Sur le chemin du retour, je suis seul.

2.

L'Eden.

C'est ici qu'elle dominait le monde.

Elle gravissait ce sentier ombragé, dans un jardin d'Orient et d'Occident. C'est ici que sont nés ses anciens, sur une terre de contrebande et de liberté. Quand elle parvenait sur ce promontoire, tout était majesté. Elle laissait le vent prendre ses cheveux. Son seul bonheur, fleur de Tanger.

Depuis tant de nuits je déambulais dans Paris, avec, en moi, toujours l'espoir d'accrocher *deux yeux noirs*.

J'avais besoin de dormir. Je devais dormir. Je me suis rendu à la pharmacie de la rue de La Boétie. Ma belle fiancée d'Ethiopie n'avait plus de mes nouvelles depuis si longtemps. Elle semblait presque soulagée de mon apparition. Depuis un mois, elle conservait un médicament pour moi.

Je n'ai pas eu la patience. J'ai découvert ton message sur

les Champs-Elysées. Suite de chiffres. Notre code pour toujours.

Tu m'as donné rendez-vous ici. Ton courrier était caché entre deux pierres, au pied de la fontaine. Source d'enchantement.

Je suis monté là-haut très lentement. J'ai profité des senteurs du soir. Avril était une renaissance sur les épaules de Tanger. Ascension dans l'ombre sereine, et puis, quelques pas encore dans les chênes-lièges, enfin la lumière qui revient. Je suis assis face à l'Océan.

Une lettre de toi.

Mais aussi, tu as laissé un présent. Qui court sur les doigts de ma seule main gauche, comme un chapelet.

Peu importe le Dieu.

Sertie sur une tête de cobra, éclairée d'un soleil qui se meurt, et par tous nos crépuscules, une émeraude.

3.

Vézelay, le 9 mars.

Mon amour,

Comment te le dire ?
Tu sais, c'est le printemps. J'ai trop à te raconter. Je vais essayer de résumer. Pardonne-moi, mais j'écris mal, pardonne-moi les fautes, et puis, je ne me suis encore jamais livrée ainsi. Je serai sûrement un peu maladroite. Je corrige avec le dictionnaire.
Tout a commencé avant toi. Comment te le dire ?
Le jour où tu es entré dans ma vie, tu sais, ce matin-là, en sortant de ce palace, je combattais déjà. J'avais rencontré Omar Isam un an avant. C'était le plus fascinant des hommes. Il m'a ouverte à Dieu. Nous nous sommes unis dans une cave de ma cité. Seuls. Tous les deux.
J'ai tout de suite été dévouée. J'ai porté des courriers bien avant les tiens. J'ai aussi accepté de continuer à faire la pute. Je me suis donnée à d'autres pour lui.
Le général algérien était une cible. Je devais observer son

292

environnement, le nombre de ses gardes du corps... Nous devions l'assassiner un mois plus tard.

Tu es venu. Tu ne savais pas. C'est toi que j'ai infiltré. Tout ce que tu as appris, l'émir le voulait. Tu nous as aussi permis d'éliminer des réseaux concurrents. Pendant la formation, tu croyais souvent au miracle. Je connaissais la clandestinité avant toi. Dans cette ville du Midi, ce sont mes frères qui ont choisi la planque.

Ensuite, il y a eu ces voyages... Tu me laissais beaucoup trop de liberté. Omar Isam regrettait que tu n'exploites pas assez ce que j'aurais pu te dire. Mes mensonges.

J'avais pris de grandes responsabilités. Pour la sécurité de tous, Cheikh Omar a décidé de me couper de toi. Nous savions déjà tout de ton réseau, et de l'organisation contre-terroriste française. Le massacre de mes frères boïviki nous a donné l'occasion de me faire disparaître en Tchétchénie.

Au cours des jours terribles de Moscou, quand tu m'as retrouvée, j'ai douté. Quand l'émir Movsar a fait abattre le premier otage.

Qu'Allah soit miséricordieux.

Tu m'as sauvée. Je suis tout de même revenue vers lui, j'étais sa première épouse. Il avait été choisi pour commander l'armée des croyants. Oui, il pensait être l'Elu. Et que le Jihad serait éternel.

Très vite, il a su que, pour lui, le combat ne durerait pas. Les suppôts l'avaient démasqué. Les yeux du Mal étaient partout. Et aussi en lui. Il s'était, croyant Le servir, détourné de Dieu, qui l'abandonnait à présent. Il acceptait la sanction, nous avions choisi le pire des chemins.

Tous les deux... nous étions seuls, cette nuit au Maroc, il m'a avoué son désarroi. Il ne souhaitait plus qu'une chose :

que cessent les dérives de notre foi. Il m'a demandé de porter la parole à ses ennemis. Et j'ai accepté cette preuve d'amour. Je t'ai manipulé une dernière fois.

L'opération contre le Grand Satan était un piège pour sacrifier Cheikh Omar. Il est devenu le premier des Martyrs du Tout-Puissant. Pour le seul service du Seigneur, « Dieu est Entendant », et celui de la tolérance d'entre les hommes.

Il s'est offert pour Dieu. Il s'est offert pour moi. Il voulait ma seule survie. Lui disparu, je pourrais changer le cours de mon existence. Pour moi, il ne voulait plus de violence, mais une paix retrouvée. J'ai cessé, provisoirement, au retour du Liban, d'être une cible.

Et je me souviens des mots de mon émir, sur les murailles de notre demeure de l'Atlas.

Il était investi de la plus grande des missions pour le Seigneur, et pourtant, quand est venue l'heure, c'est à la jeune femme des cités qu'il a seulement pensé. Je ne savais pas tant compter pour mon maître. Et pour lui, je suis allée très loin. C'est pour lui que je suis retournée en Tchétchénie, c'est pour lui que je me suis jointe aux promises de Movsar, et je savais que je ne reviendrais pas.

J'étais la première épouse de Cheikh Omar Isam Bin Khatabi. Qu'Allah soit son éternel berger.

Ce soir, je m'en vais pour un dernier voyage. Seul Dieu peut me libérer de tout ça. J'ai besoin — ne m'en veux pas, ne me retiens pas — de trouver dans la seule foi tous les repos de mon âme. J'ai besoin du Seigneur pour survivre. Tu l'ignores encore, mais je porte en moi le fils du prince. Dans quatre mois, je veux qu'il vienne dans ce monde loin de la violence des hommes. Loin de tes sentinelles. Loin de tous ceux qui ne souhaitent pas la naissance du fils de l'Imam noir.

Comme une chienne, je m'en vais donner la vie dans une tanière reculée. Sous la seule protection du Seigneur. Je me suis écartée de Sa voie pour sombrer dans l'obscurantisme. Nos combats n'étaient que blasphèmes. Cheikh Omar, à son tour, l'a découvert trop tard. Qu'Allah pardonne nos errances.

Ceux qui se sont égarés, un jour, me retrouveront. Je suis, à leurs yeux, pour toujours, une réprouvée. Ils m'ont à jamais répudiée, et je connais le châtiment qu'ils me promettent. Ils se rapprochent. N'oublie pas : ils sont là où tu ne crois pas. Cette colline n'est pas un bastion hors du temps. Chaque lune passée, ils se rapprochent. Je perçois maintenant leur souffle. Ils demeurent des Assassins, aux seuls ordres d'Iblis. Ils sont là, et je dois partir.

Je cherche la voie de Dieu.

Je trouverai les sentiers qui me mèneront à Lui, ils seront pavés de pétales. Je courberai le dos, pour tromper les regards ennemis, et ne compterai ni les jours ni les nuits pour parvenir jusqu'à Lui. Avant que vienne l'été, je franchirai les crêtes insoumises, avec, dans le cœur, toute mon impatience de mère. Je sais que, pour mériter Sa miséricorde, long sera le périple, mais le Seigneur me guidera au travers des périls. Je veux, pour mon fils, la bénédiction d'une terre sainte. Mon fils sera un homme libre, et portera la meilleure des paroles. Inch Allah.

Chaque jour que Dieu fait, je surveille la porte. Je t'attends, mais tu ne viens jamais. On m'a parlé d'un pays lointain. Encore une femme ?

J'envoie ce matin à mon cousin Khader, au Maroc, le courrier en recommandé dans une grande enveloppe. J'ai confiance en lui. Il ne l'ouvrira pas. Il le cachera, comme je le lui demande, dans un trou, au pied de la fontaine. Je sais que tu seras peut-être plein d'allégresse de revenir ici.

La Tête du cobra

Hier, je suis retournée dans ma cité. J'ai présenté à mes parents mon garde du corps comme mon nouveau fiancé. Meryem a préparé un tajine aux dattes. Ibrahim, mon père, ne croyait plus jamais me revoir, mes frères, eux, ne changeront jamais. C'est un peu décourageant, non ? Maman m'a dit qu'elle était guérie, mais je crois qu'elle m'a menti. Donne-lui la chance d'être soignée par les meilleurs s'il te plaît.

Ensuite, je me suis rendue chez mon ancienne instit. C'est elle – elle se nomme Sylvie, je ne sais plus comment – qui m'a fait don de m'ouvrir aux autres, et de courir le monde. Si, un jour, tu as envie de parler de moi, va la voir. Elle est toujours à l'école Jacques-Prévert. Je suis certaine que tu la kiferas. Avec toi, c'est elle qui me connaît le mieux.

Je t'abandonne la pierre de Massoud. Notre talisman. Une promesse de moudjahidin.

Peut-être te sauvera-t-il, aussi, un autre jour ?

J'étais pleine de joie quand tu me l'as passé autour du cou. Tu te souviens ? A la veille de mon départ pour Londres ?

Tu as toujours été là, sur ma gorge. Une nuit, dans le pays béni par le Seigneur, nous avons fui un camp de l'Emir-général sous les flèches et les flammes des damnés. La colère était partout. Tu ne peux imaginer tant d'écho, tant de rage... Et puis, comme tu sais, pendant ces derniers moments dans le théâtre avec le Tout-Puissant tu étais là aussi...

Oui... J'étais la plus radieuse des femmes d'Allah, quand tu m'as parée de l'émeraude.

Comment une fille de cité peut-elle changer le monde ? Si tu avais vu ce qu'ils ont fait à mes sœurs, sur la route d'Alkhan Kala... Si tu avais aimé Dieu comme moi... Je suis maintenant sur Son chemin.

Demain, je ne serai plus là.

La Tête du cobra

Et, maintenant, si les Assassins me trouvent,
Alors, je suis dans le Jardin,
Avec toi, si tu lis ma lettre tout au sommet. Si le temps est
clair, tu verras Gibraltar. Par Dieu, que tout est si beau
là-haut. Tu verras tout, avec mes yeux d'enfant. A l'automne,
les ibis, qui descendent en Afrique, se posent quelques jours
dans les grands cèdres.

Te souviens-tu ? Je t'avais récité, en arabe, sur le mont de
mes ancêtres, un verset du Livre. La dernière des sourates
s'intitule tout simplement : « Les Hommes ».

Au nom de Dieu, le Tout Miséricorde, le Miséricordieux
Dis :
« Mon refuge soit le Seigneur des hommes
le Roi des hommes
le Dieu des hommes
contre le ravage de l'instigateur sournois
qui chuchote dans la poitrine des hommes
de parmi les djinns et les hommes. »

C'est la dernière des prières.
Tu m'as protégée des djinns.
Mon amour,
tu es un homme.
Mais pourquoi, quand tu m'as pris la main, dans les souter-
rains croisés, pourquoi, mon amour, ne m'as-tu pas embrassée ?
Que Dieu te préserve.
Je t'aime,

Yasmine.

Tous les passages du Coran cités dans ce roman sont extraits de la traduction de Jacques Berque, publiée aux Editions Albin Michel.

Composition I.G.S. - Charente Photogravure
et impression Imprimerie Floch sur Roto-Page
en octobre 2003.

N° d'impression : 58380.
N° d'édition : 21961.
Dépôt légal : novembre 2003.
Imprimé en France.